KB155404

맛있게 나이를 먹는
은빛 청춘들의 인생 레시피

내 나이가 어때서

글 오정욱

내 나이가 어때서

초판 1쇄 인쇄일 2015년 9월 9일
초판 1쇄 발행일 2015년 9월 16일

지은이 오정욱
펴낸곳 도서출판 유심
펴낸이 구정남 · 이헌건
마케팅 최진태
일러스트 진지현

주소 서울특별시 구로구 공원로 41, 805(구로동, 현대파크빌)
전화 02.832.9395
팩스 02.6007.1725
URL www.bookusim.co.kr
등록 제2014-000098호(2014.7.8)

ISBN 979-11-953260-8-2 03810
값 11,000원

맛있게 나이를 먹는
은빛 청춘들의 인생 레시피

내 나이가 어때서

글 오정욱

촬영 오정욱

제주 한라 생태 숲에서

Prologue

꿈꾸는 번데기

내 나이가 어때서

사랑에 나이가 있나요

마음은 하나요, 느낌도 하나요

그대만이 정말 내 사랑인데

눈물이 나네요 내 나이가 어때서

사랑하기 딱 좋은 나인데

어느 날 우연히 거울 속에 비춰진

내 모습을 바라보면서, 세월아 비켜라

내 나이가 어때서 사랑하기 딱 좋은 나인데

2012년 여름 발매되어 중·노년층 사이에 큰 인기를 끌고 있는 '내 나이가 어때서' 노래 가사이다. '사랑'이라면 국경도 초월하는 시대에 나이가 무슨 제약이 있을까?

사랑뿐만이 아니다.

아이돌 프로그램을 능가하는 인기 예능 『꽃보다 할배』, 70세 할머니가 20세 꽃처녀가 되어 벌이는 엉뚱한 에피소드로 800만 관객을 끌어 모은 영화 『수상한 그녀』, 2014년 서점가를 뜨겁게 달구었던 베스트셀러 『창문 너머 도망친 100세 노인』, 『인터스텔라』를 누르고 일일 박스 오피스 1위로 떠오르며 480만 관중을 눈물바다로 만든 98세 할아버지와 89세 할머니의 애틋한 러브스토리 『님아, 그 강을 건너지 마오』.

이들의 공통점은 모두 백발의 노인이 주인공으로 등장한다는 점이다. 이처럼 나이와 상관없이 젊은 청춘들 못지않은 열정으로 꿈을 이뤄내고 있는 사람들이 있다.

헤르만 헤세가 말했듯이 "모든 아이들은 일찍이 시인이었다." 우리들 역시 어릴 적부터 이미 시인이었다. 다만 커가면서 시인의 마음과 상상을 잃어갈 뿐이다. 어린아이처럼 아무것도 아닌 일에 쉽게 감동하고 잘 웃는다면 나이에 상관없이 그의 영혼은 여전히 젊다고 할 수 있다.

나비는 커다란 두 날개를 우아하게 펄럭이며 꽃의 향기를 찾아 꿀을 먹을 수 있게 되기 전까지는 애벌레와 번데기의 삶을 산다. 화려한 '일탈'을 꿈꾸면서. 하지만 애벌레가 모두 나비가 되는 것은 아니다. 애벌레의 상당수는 새들의 눈에 띄면 번데기가 되기도 전에 생을 마감한다. 갖은 위기와 고난을 뚫고 나와야 비로소 나비가 된다. 의지만 가지고 되는 것도 아니다. 천적의 눈에 띄지 않는 운도 따라야 한다.

애벌레는 허물을 벗고 번데기가 되는 용화(pupation)의 과정을 겪는데, 이때는 아무것도 먹지 않으며 배설도 하지 않는다. 그러는 동안 번데기는 눈과 입, 날개와 같은 나비의 외형을 갖추게 되고 날개를 펼쳐 비행할 준비를 한다. 그리고 마지막으로 우화(emergence)의 과정을 거치며 자유롭게 하늘을 날게 된다.

어쩌면 우리도 나비가 되기 위한 애벌레와 번데기의 삶을 살고 있는 것이 아닐까? 세상에는 일찍 날개를 달고 나비가 된 사람이 있는가 하면, 아직 애벌레의 삶을 사는 사람도 있고, 번데기가 되어 우화를 기다리고 있는 사람도 있다. 만약 당신이 운이 좋은 사람이라면 새롭게 펼쳐질 인생을 바로 목전에 둔 번데기일 것이다. 이미 나비의 삶을 살고 있다면? 아마도 이 책을 집어 들진 않았을 것이다.

우리는 누구나 나비가 되길 바란다. 애벌레일 때는 짧은 다리로 엉금엉금 한참을 기어 올라가야 겨우 꽃의 향기를 맡을 수 있지만, 날개를 단 순간부터는 사뿐사뿐 날아서 마음대로 꽃과 꿀을 향유할 수 있다.

하지만, 나비가 되는 것으로 삶의 목적을 달성한 것일까? 그렇지 않다. 본격적인 삶은 이제부터다. 꿀을 따는 것은 기본이고, 수많은 꽃들을 감상하며 때로는 유유히 봄의 따사로운 햇살에 일광욕도 해야 한다. 그리고 일생일대의 대행사, 짝짓기도 해야 한다.

그런데, 나비가 되려는 걸 지레 포기하거나 걱정하는 사람들이 있다.

이유는 세 가지. 능력이 안 되거나, 돈이 없거나, 나이가 많아서.

우선 '능력'이 안 된다고 생각하는 사람은 둘 중의 하나다. 진짜 능력을 갖추지 못했거나, 능력이 있음에도 자신이 능력이 없다고 생각하는 것이다.

두 번째, '돈' 이 없다고 생각하는 사람도 마찬가지다. 진짜 돈이 없거나, 돈은 있지만 투자할 엄두가 나지 않는 것이다.

능력은 얼마든지 개발할 수 있고, 돈도 직접 벌거나 빌릴 수 있다. 하지만 세 번째 이유인 '나이가 많다'는 것은 언뜻 어떻게도 해결할 수 없는 문제처럼 보인다. 내 마음대로 조절할 수 없기 때문이다. 하지만 나이는 오히려 돈보다, 능력보다 'no problem!' 아무런 문제가 되지 않는다. '나이가 많다'는 것은 오히려 장점이 될 수도 있다. 사실 '나이 걱정'은 우리 사회가 만들어놓은 쓸데없는 허상일 뿐이다. '용서의 상징'인 코리 텐 붐 여사도 말하지 않았던가.

"걱정은 내일의 슬픔을 덜어주는 것이 아니라 오늘의 힘을 앗아갈 뿐이다."

'나이가 많아서 결혼을 못하겠다' '나이가 많아서 재취업이 어렵다' '그 일을 하기에는 나이가 너무 많다' '지금 시작해봐야 새파랗게 젊은 사람들이 금세 쫓아온다' 등등, 나이가 좀 많은 사람들이 뭔가를 시도하려고 하면 무수히 많은 화살이 등 뒤에 꽂힌다. 일견 일리가 있어 보일 수는 있지만, 그것은 인생의 어두운 한 단면만을 크게 확대해서 본 것일 뿐 오히려 그 반대의 예도 무수히 많다. 그들은 환히 내리 쬐는 태양의 빛은 보지 않고 큰 도심의 빌딩에 가려진 길고 어두운 그림자만 본다. 빛이 있으면 그림자도 있다. 그림자가 없는 경우는 빛조차 차단된 완전한 어둠뿐이다. 그들의 말은 벚꽃이 이미 다 졌으니 더 이상 꽃을 구경하기 어렵다고 하는 것과 같다. 봄에 피는 벚꽃과 개나리, 진달래만 꽃이 아니다. 여름엔 호박

꽃·나팔꽃·장미·카네이션, 가을엔 국화·코스모스·분꽃·방울꽃·구절초, 겨울엔 동백꽃·베고니아·수선화가 핀다.

'인간'은 태어나는 순간부터 아는 것을 하나씩 늘려간다. 하지만 나이가 들면 어느새 예전부터 알고 있었던 것 이상은 새로 배우려고 하지 않는다. 그리고 지금 알고 있는 것을, 마치 처음부터 알고 있었던 듯이 생각한다. 하지만 뒤집어 생각해보면 태어나는 순간 혹은 예전에는 알지 못했던 것들이 훨씬 더 많았다. 다시 말해 지금부터라도 무엇이든 새로 배울 수 있다는 얘기이다. 어떤 것을 알기 전까지는 그 존재조차 모르는 게 인간이다. 또한 어떤 일이든 생각만 하고 시도해보지 않으면 내게 맞는 일인지 아닌지 알 수 없다.

앞으로 전개될 얘기는 다음의 세 가지로 압축될 것이다.

첫째, 자신의 재능을 한 우물에만 얽매지 말 것.

사람의 잠재력은 무한하다. 하고 싶은 일이 있는데, 그동안 파놓은 우물이 아까워서 혹은 '한 우물을 파야 성공한다'는 고정관념 때문에 '먹지도 않으면서 오래도록 묵히기만 하는 간장'처럼 자신의 잠재능력을 내버려두지 않아야 한다.

둘째, 무엇이든 시작함에 늦은 때란 없다.

이제 우리는 '인생 후반전'에 접어든 나이에 자신이 하고 싶은 일을 하면서 행복하게 살고 있는 사람들을 만나볼 것이다. 그들은 당신에게 백 배 천 배 가슴 부풀어 오르도록 용기를 전해줄 것이다. 필요한 건 단 두 가지. 두려움을 극복할 용기와 자신에 대한 믿음이다.

셋째, 좋아하는 일을 할 것.

좋아하는 일을 한다는 것은 세 가지 장점이 있다.

1. 질리지 않고 오래도록 할 수 있다.
2. 그 일을 하는 동안 행복을 느낀다.
3. 운이 따르면 예기치 않은 사회적 성공도 따른다.

자, 이제 나이를 초월한 사람들의 좌충우돌 성공 스토리와 맛있게 나이 드는 인생 레시피를 본격적으로 시작해보자.

2015년 9월 **오 정 욱**

Contents

3장 실버벨

인생에 한 번쯤은 마음 가는 대로 저질러라

4장 은빛 날개

노목에 핀 꽃향기가 천리를 간다

1장

마음 나이

당신의 마음은 몇 살입니까?

가슴 뛰는 삶에 나이가 필요할까?

미국의 한 노인센터에서 잡담을 나누거나 함께 체스를 둘 상대나 찾으며 소일하던 77세의 노인이 있었다. 은퇴한 지도 벌써 6년, 할 수 있는 일도 하고 싶은 일도 딱히 없었다. 그러던 어느 날, 젊은 자원봉사자 한 명이 노인에게 그림 그리는 것을 권했다.

그러자 노인은 껄껄 웃으며 "젊은이, 나는 나이도 많고 손도 떨려서 그림을 그릴 수가 없다네" 하고 답했다.

하지만 자원봉사자 젊은이는 "어르신, 나이가 문제가 아니라 처음부터 안 된다고 단념하는 그 마음이 문제예요. 그러지 말고 일단 한번 재미로 시작해보는 건 어때요?" 하면서 노인을 설득했다.

노인은 한낱 늙은이에 불과한 자신에게 관심을 보이며 또랑또랑 말하는 청년의 말에 왠지 마음이 동했고, 결국 난생 처음 붓을 잡았다. 그런데 이게 웬일인가? 자신도 모르게 그림의 매력에 그만 퐁당 빠져버린 것이다. 그동안 지루하기만 했던 하루하루가 그림 그리는 재미에 금방 지나갔다.

그렇게 시간이 흐르던 어느 날, 그림 선생이 노인에게 말했다.

"어르신은 독특한 자신만의 화풍을 가지고 있어요. 앞으로도 계속 그림을 그리세요. 이제는 제가 도와드릴 게 없네요."

그림 선생이 떠난 뒤로도 노인은 꾸준히 그림을 그렸고, 마침내 화가로서 큰 이름을 날리게 되었다. 그가 바로 오늘날 '미국의 샤갈'이라고 불리는 해리 리버맨(Harry Riverman, 1880~1983)이다.

해리 리버맨은 처음 붓을 잡은 지 20년이 지난 97세 되던 해(1997년)에 22번째 전시회를 열며 이렇게 말했다.

해리 리버맨의 그림들.

"그림을 그리는 것은 내겐 가장 소중한 일이다. 만약 천국의 삶이 존재한다면, 내게는 그것이 그림을 그리는 일일 것이다. 내가 죽으면 많은 후세 사람들이 나의 그림을 보고 즐기지 않을까? 그것이 바로 영생의 삶이라고 생각한다. …… 아직 나는 인생의 말년이 왔다고 생각하지 않는다. 몇 년이나 더 살지 생각하지 말고 앞으로 내가 어떤 일을 더 할 수 있을지를 생각해 보기 바란다. 무언가 할 일이 있다는 것, 그게 바로 인생이다."

이제 그는 저세상 사람이 되었지만, 그의 작품은 후대에 남아 계속 이어지고 있다. 인생은 유한하지만, 영적인 생명의 삶은 영원하다.

"시간은 우리를 변화시키지 않아요. 단지 우리를 드러내 보일 뿐이죠."

- 영화 『루시』 중에서

두뇌 활용률이 최대로 높아지면서 주변의 상황은 물론 타인의 행동까지 마음대로 제어하고, 인간의 한계를 뛰어넘어 시간을 초월하는 존재가 된다는 기발한 발상이 돋보이는 영화 『루시』에서 노먼 박사는 말한다.

"인류의 생명체는 크게 두 가지의 방향으로 진화한다. 생명에 위협을 받으면 '불멸'의 방향으로 나아가고, 살아가는 데 환경이 적합하면 '번식'을 통해 삶을 이어간다."

하지만 '육체'를 가진 인간은 어떤 형태로든 '불멸'을 할 수는 없기 때문에 번식을 통해 생물학적으로 생명을 연장한다. 그런데, 불멸에 가까운 또 다른 생명 연장법이 있다. 그것이 바로 영적인 생명의 연장이다.

"나는 젊은 시절부터 새벽 일찍 일어나지 않을 수 없었다. 그날 할 일에 대한 기대와 흥분 때문에 마음이 설레어서 늦게까지 잠자리에 누워 있을 수 없었기 때문이다."

'영원한 청년'의 삶을 살았던 현대그룹 창시자 고 정주영 회장이 평소에 즐겨 했던 말이다.

세계적인 대철학자 임마누엘 칸트는 57세에 『순수이성비판』이라는 대작을 남겼고, 추리소설의 대가 애거서 크리스티는 그녀의 대표적인 소설 『쥐덫』을 60세에 완성했다. 애거서 크리스티와 같은 나이에 빅토르 위고는 불후의 명작 『레미제라블』을 남겼다. 영화로 더 유명한 소설 『반지의 제왕』은 J. R. R. 톨킨이 62세에 쓴 소설이고, 인도의 시성 타고르는 70세에 그림을 그리기 시작했으며, 영국의 영화배우 제시카 탠디는 그녀의 나이 81세 때 처음으로 베를린 국제영화제 여자연기상을 수상했다. 20세기의 천재적인 화가로 '꿈', '게르니카', '아비뇽의 아가씨들' 등의 걸작을 남긴 피카소는 92세 때까지 그림을 그렸다.

세계 3대 장수촌의 하나로, 마을 주변이 7,000미터가 넘는 고산과 만년설로 뒤덮여 있는 파키스탄의 훈자족 마을에서는 100세 이상의 노인들도 젊은이들과 똑같이 농사일을 한다.

살다 보면 왠지 가슴 뛰는 일을 만나게 될 때가 있다. 꺼져있던 마음의 등불이 어떤 계기로 반짝, 불빛이 켜지는 일 말이다. 위인전을 보다가 문득 자신도 그 주인공처럼 살아야겠다는 꿈이 생기거나, 미술 전시회를 보다가 뭐라 설명할 수 없는 감동이 밑바닥으로부터 한없이 밀려오는 꿈틀거림을 느끼면서 자신도 그와 같은 그림을 그리는 사람이 되고 싶다거나, 소설을 읽다가 문득 자신도 훌륭한 소설가가 되어야겠다는……. 또는 음식점에서 식사를 하다가 그 맛과 서비스에 감동을 받아 세계적인 요리사가 되고 싶다는 꿈이 생길 수도 있다.

이런 식으로 가슴에 등불이 하나씩 켜지는 이유는 그 일을 아직 성취하기 못했기 때문이다. 없었던 욕망과 바람이 생겼기 때문이다. 없었던 목표가 생기고 해야 할 일이 생겼기 때문이다.

이러한 감정 상태는 마치 사랑과 비슷하다. 사람은 매력적인 상대를 만났을 때 심장박동수가 빨라진다. 그것은 자신이 의도한 바가 아니다. 알아서 움직이는 본능이다.

만약 당신이 아직 가슴이 뛰는 일을 만나지 못했다면 그런 일을 발견할 수 있도록 자신을 다양한 세계에 노출시키는 것이 필요하다. 혹시 뒤늦게 가슴 뛰는 일을 발견했지만 너무 늦었다는 생각에 시작도 하기 전에 포기할 생각을 가지고 있다면, 평생 가슴 뛰는 일을 단 한 번도 만나지 못한 채 생을 마감하는 사람들이 매우 많다는 사실을 생각해보라.

'가슴에 등불이 켜진' 당신은 너무나도 운이 좋은 사람이다. 만약 가슴 뛰는 일을 찾았는데 실행에 옮기지 못하고 있다면 그것을 방해하는 요소가 무엇인지 곰곰이 생각해보라. 과연 그것들이 도저히 스스로 제어하기 힘든 것인지도 생각해보라. 결국 아무런 이유도 없다는 걸 알게 될 것이다. 이런저런 이유들로 계속 자기 합리화를 한다면 자신이 만들어놓은 좁은 우물 속에 언제까지나 갇혀 지내야 할 것이다.

중요한 건 가슴 뛰는 삶을 살고 그것이 가능하다는 것을 믿는 마음이다. 자신을 믿지 않는 사람에게조차 도움의 손을 내밀 사람은 없다. 자신을 믿을 때, 세상도 당신이 선택한 새로운 길에 밝은 빛을 비추며 성공할 수 있도록 도와줄 것이다.

"나는 그저 살아가기 위해 태어난 것이 아니다. 의미 있는 인생을 만들기 위해 태어난 것이다."

- 헬리스 브릿지스

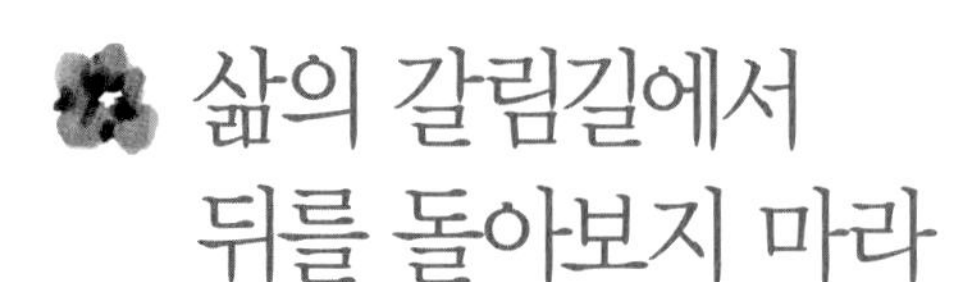

삶의 갈림길에서 뒤를 돌아보지 마라

어떤 100세 노인이 TV에 출연하게 되었다.

사회자 : "할아버지께선 출연료를 받으면 어디에 쓰시고 싶으세요?"

그러자 노인은 주저 없이 말했다.

노인 : "노후를 위해서 저축을 해야지."

100세 시대를 눈앞에 둔 오늘날, 40대나 50대는 아직 꽃씨를 뿌리고 한창 성장할 나이이다. 공자는 40세를 '불혹'이라고 했지만, 오늘날에는 40세를 한참 넘긴 나이가 되어도 마음을 정하지 못한 채 흔들리는 삶을 살아가는 이가 대다수다.

어떤 사람은 40대, 50대의 나이에 전성기를 이루지 못했다고 성급하게 생각하며 스스로를 비하한다. 심지어 20대, 30대조차 그런 경우도 있다. 하지만 꽃이 피면 언젠가 지게 마련이다. 중년과 장년의 나이에 벌써 꽃을 피운다면, 이제 꽃이 질 일만 남았는데 어찌 마냥 기쁘다고만 할 수 있을까?

현대 경영학의 창시자로 평가받는 미국의 피터 드러커 교수(1909~2005)는 그의 나이 93세 때 어느 신문기자로부터 전성기가 언제였느냐는 질문을 받고 이렇게 답했다.

"나의 전성기는 내가 저술활동을 가장 활발히 했던 60대 후반이었다."

장수하는 사람일수록 호흡이 길다. 우리에겐 긴 안목, 긴 호흡이 필요하다. 산을 내려가면서 정상에 올랐던 과거의 한때를 그리워하기보다 앞으로 남은 시간 동안 또 다른 어떤 산을 오를까 생각하는 것이 낫다. 나이가 어떻든 간에 살아온 날들보다 앞으로 살아갈 날들이 훨씬 중요하다.

잘나갔던 과거든 후회스러운 과거든 자꾸 뒤돌아보면 현실과의 괴리감만 깊어질 뿐 앞으로 살아갈 일에는 도움이 되지 않는다. 뒤를 돌아보는 것은, 자신이 초라하게 느껴질 때 나보다 뒤처져서 오는 수많은 사람들을 보며 위안을 삼을 때이다. 지금까지 살아왔던 방식이 후회스럽다면 이제부터 다시 시작하면 된다.

미국의 작가 케이 리온스는 '어제는 부도난 수표, 내일은 약속어음, 오늘은 현금'으로 비유했다. 이미 부도난 수표와 아직 돌아오지 않은 약속어음에 많은 시간을 할애하기에는 오늘이라는 '현금'이 너무 아깝지 않은가? 운전을 할 때는 가끔 백미러도 보아야 하지만, 항상 주시해야 하는 곳은 전방이다. 새는 날 때 뒤를 보지 않는다.

사람은 나이가 들수록 깊은 향내가 풍겨나는 법이다. 하지만 사회는 나이 먹는 것을 부정적으로 보는 것이 일반적이다.

일은 할수록 숙련도가 늘고 노하우가 쌓인다. 하지만 대부분의 직장인들은 바로 그럴 때 명예스럽게(?) 직장을 떠나야 한다. 유능하고 숙련된 능력자가 고개를 푹 숙인 해바라기처럼 무능력자로 낙인이 찍히는 것이다. 단지 나이가 많다는 이유만으로. 특히 육아와 가사일 때문에 한창 일할 나이에 직장을 그만둬야 하는 여성들은 더욱 그렇다. 오죽하면 경단녀(경력단절녀)라는 말이 나왔을까?

하지만 수많은 직원들이 회사에서 쫓기듯 떠밀리는 것은 그들이 무능해서가 아니다. 그것은 오히려 회사가 우수한 고급인력을 제대로 활용할 역량이 안 되기 때문이다. 절대로 자신감을 잃지 마라.

Welcome

나이를 초월하여 추구해야 할 일

너무 늦거나 너무 이른 때란 없다

전국노래자랑에 아직 학교도 들어가지 않은 꼬마가 나온 적이 있다. 비록 어렸지만 노래 하나는 기가 막히게 잘했다. 그때 이 꼬마가 부른 노래가 '내 나이가 어때서'였다. 물론 가사의 의미를 알 나이는 아니었지만 신선한 즐거움을 주었다.

무엇을 시작하는 데 늦은 나이가 없는 것처럼 무엇을 하기에 너무 이른 나이도 없다. 관심이 있거나 재능이 있다면 너무 어리다고, 너무 나이가 들었다고 해서 시작하지 말라는 법은 없는 것이다. 그래서 법정 스님도 『녹슨 삶을 두려워하라』라는 잠언집에서 "우리가 두려워할 것은 늙음이나 죽음이 아니다. 녹슨 삶을 두려워해야 한다. 삶이 녹슬면 모든 것이 허물어진다"라고 하지 않았던가.

늙는 것은 물음표 대신 마침표가 꽉 차 있기 때문이다

녹슨 삶이란 무엇일까?

철이 녹스는 것은 두 가지 이유 때문이다. 하나는 습기를 만났을 때이고 또 하나는 오래도록 사용하지 않았을 때이다. 습기는 인생에서 '불학'(不學)과 '안일'(安日)에 해당한다. 더 이상 배울 게 없다고 배움을 게을리하거나 빠르게 변화하는 세상에서 옛날에 했던 방식만을 고집하는 삶이 바로 '녹슨 삶'이다. 법정스님은 녹이 슬지 않는 삶을 살기 위해 시를 낭송해보라고 권했다. 사는 일 자체가 곧 시가 되어야 한다고도 말했다. 그렇다면 시처럼 사는 것은 무엇이며 사람은 왜 시처럼 살아야 할까?

"과학은 물음에 대한 확실한 대답을 요구하지만 질문만 있고 영원히 해답이 없는 것에서도 값진 창조가 이루어질 수 있다. 그것이 바로 시요 예술이다."

시대의 석학으로 평가받는 이어령 선생이 그의 저서 『젊음의 탄생』에서 한 말이다.

예술의 특징 중 하나는 '답'을 굳이 구하지 않는다는 것이다. 단지 화두를 던져놓는 것만으로도 충분하다. 그때 사람들에게 생각의 파도가 밀려온다. 그리고 다양한 상상이 뒤따른다. 생각하고 상상하게 하는 것이 바로 문학과 예술의 힘이다.

근대철학의 선구자로 일컬어지는 데카르트는 "나는 생각한다 고로 존재한다"라는 명언을 남겼다. 무언가 생각을 하고 있는 모습만큼 인간적인 것은 없다. 그 생각은 인생의 중대 기로에 대한 고뇌일 수도 있고, 무엇을 먹을까 하는 작은 선택의 고민일 수도 있다.

나이가 들수록 생각하는 것을 즐겨야 한다. 어린아이처럼 자신이 보는 모든 것에 의문을 제기하고, 시인의 가슴처럼 고요한 호수에 잔물결을 일으키는 물음표를 던져야 한다. 그런 삶에는 지루함과 나태함이 끼어들 틈이 없다. 생각하는 삶은 곧 바다에 일렁이는 파도처럼 생동감을 준다.

우리가 내비게이션을 이용해 모르는 길도 쉽게 찾아갈 수 있게 된 것은 1944년에 핵자기 공명에 관한 연구로 노벨물리학상을 수상한 핵물리학자 이지도어 아이작 라비(1898~1988)의 덕분이다.

기자들이 어떻게 이런 그런 아이디어를 떠올릴 수 있었느냐고 묻자 그는 이렇게 대답했다.

"내가 어릴 적, 학교에서 돌아오면 어머니는 늘 이렇게 물으셨습니다. '얘야, 오늘 공부시간에는 선생님에게 무슨 질문을 했니?' 바로 그것이 오늘의 나를 있게 한 힘이었습니다."

질문의 힘은 위대하다.

$ax5+bx4+cx3+dx2+ex+f=0$

수학시간에 많이 본 듯한 방정식이다. 이 5차 방정식의 해를 구하는 공식을 찾기 위해 수천 년간 날고 긴다는 수학자들이 도전했으나 모두 실패를 했다. 그런데 모든 수학자들이 불가능하다고 생각한 이 방정식의 비밀을 알아낸 수학자가 있다. 프랑스의 천재 수학자 갈루아다.

갈루아는 풀리지 않는 이 방정식을 뭐라고 풀었을까? 아이러니하게도 그는 '이 5차 방정식의 해를 구하는 공식은 없다'는 것을 증명함으로써 논쟁에 종지부를 찍었다. 이 방정식의 해법에 대한 물음표가 마침표로 바뀐 것이다. 남들은 답을 찾고 있을 때 갈루아는 답이 없음을 증명한 셈이다.

물음이란 바로 이런 것이다. 남들이 당연하다고 생각하는 것에 의문을 제기하는 것. 질문을 던지고 생각하는 사람에게는 치매가 찾아오지 않는다.

젊음이 넘치는 사람은 미래지향적인 단어를 쓴다.

"왕년에 내가……." "내가 이래봬도 한때……."

무슨 말을 하기 전에 습관적으로 이런 말이 따라붙는다면 그것은 나이가 들었다는 증거이다.

나이를 먹으면 겪게 되는 또 다른 현상 중 하나가 감동을 쉽게 받지 않는 것이다. 이미 많은 경험을 했고, 그런 경험에 비추어볼 때 결론이 뻔히 짐작이 되기 때문에 흥미와 관심이 줄어드는 것이다. 그러고는 '내가 해봐서 아는데……' 하며 괜한 힘 쓰지 말고 쉬운 다른 길을 택하라고 말해주고 싶어서 입이 근질거린다.

어린 시절 감성을 일깨웠던 시나 소설 같은 문학은 멀리한 지 오래고, 젊은 시절엔 낙엽 하나 떨어질 때마다 가슴이 저미었고 꽃잎 한 장 흩날릴 때마다 마음이 흔들거렸건만 이제는 고요한 호수처럼 아무런 감동의 물결도 일지 않는다.

반면 백발이 성성하고 이마엔 마른 주름이 여러 가닥 그어졌지만 시퍼런 하늘에 흰 조각구름이 떠가는 모습만 봐도 뭉클한 감동을 받고, 슬픈 영화를 보면서 마치 자신이 주인공인 양 감정이입이 되어서 눈물을 뚝뚝 흘리거나, 누군가를 만나기 전에 기대의 설렘 속에서 거울을 보고 옷매무새를 바로잡는다면 그는 여전히 청춘이다.

영화 『님아 그 강을 건너지 마오』의 89세 할머니처럼 마당에 아무렇게나 핀 꽃 한 송이를 할아버지에게 선물받고 감동하는 소녀 같은 설렘이 있는 한, 여전히 젊은 청춘인 것이다.

나이는 중요하지 않다. 이 책의 끝장을 펼칠 때쯤이면 우리 모두 진정한 자기 자신을 찾고, 올바른 현재와 미래 상(象)을 정립할 것이다. 한동안 남의 일처럼 버려두었던 '젊음'이라는 선물상자를 다시 꺼내고 잃어버렸던 웃음을 되찾을 것이다. 그래서 그 열정으로 남은 삶을 아름답게 살아갈 수 있도록 꺼졌던 심장의 불이 다시 켜질 것이다.

당신이 태어난 이유

내가 좋아하는 영국의 팝 그룹 '퀸'의 노래 중에 'I was born to love you' 라는 곡이 있다. 굳이 번역을 하자면 '나는 당신을 사랑하기 위해서 이 세상에 왔습니다' 즉, 삶의 목적이 사랑임을 노래한 것이다. 노래에서는 'You'가 사람을 의미하지만 개인적으로는 이 'You'가 '당신'뿐만 아니라 그 이외의 모든 것이 될 수 있다고 생각한다. 자신이 좋아하는 일이 될 수도 있고, 아끼는 물건일 수도 있으며 사랑하는 가족이 될 수도 있다.

이 노래가 독특한 점은 비동사 was가 과거형이라는 것인데, 나라는 사람이 당신을 사랑하는 것은 운명처럼 이미 정해져 있다는 의미를 담고 있다. 아무것도 모르는 갓난아이가 태어날 때부터 이미 삶의 목적이 주어진 것이다. 이 제목대로라면 어떤 형태로든 사랑을 하지 않고 죽는 것은 삶의 목적을 이루지 못한 것과 같다.

우리는 사랑을 하기 위해 이 땅에 태어났다. 그러니, 사랑함에 나이는 중요치 않다. 나이를 초월해서 추구해야 할 일이 바로 사랑이다.

2장

안티 에이지드

비즈니스로 '인생 2막'을 연 사람들

비즈니스로 '인생 2막'을 연 사람들

긴 머리 휘날리며 눈동자를 크게 뜨면

천 년의 그 세월도 한순간의 빛이라네

전설 속에 살아온 영원한 여인 천년여왕

과거를 슬퍼 말고 우주 끝까지 우주 끝까지 밝혀다오

1980년대의 인기 만화영화 『천년여왕』의 주제가 앞 소절이다. 초등학교 시절에는 가사의 의미도 모른 채 따라 부르곤 했지만, 나이가 들어서 보니 가사가 참 시적이다. 특히 둘째 줄의 '천 년의 그 세월도 한순간의 빛이라네'라는 부분을 보자. 불가에서는 '겁'(劫)을 '하늘과 땅이 한 번 개벽한 때부터 다음 개벽할 때까지'라고 한다. 그렇게 보면 천 년이라는 긴 세월도 한낱 일순간에 지나지 않는다. 이 소절을 초등학생이 읊어댔으니, 참 기가 막힌 일이다.

노화는 어쩔 수 없는 생리현상이지만 그 속도만큼은 늦출 수가 있다. 그래서 시대 흐름에 영향을 받지 않는 가장 확실한 유망 사업이 '안티에이징'(노화방지)이다. 중국 천하를 최초로 통일한 진시황이 늙지 않고 오래 살기 위해 부하들을 시켜 삼신산(三神山)으로 불로초를 구하러 다녔다는 이야기는 유명하다. 그 삼신산(三神山)의 하나가 우리나라 남해의 금산(錦山)이었다. 무려 500여 명에 이르는 대부대를 이끈 서불(徐市) 일행이 그곳을 지나갔다는 사실을 바위에 새겨놓은 것이 2,200여 년이 지난 지금도 생생하게 남아있다.

살다 보면 자신도 모르게 나이를 의식할 때가 있다.

'이 나이에 이걸 해야 하나……' '이걸 하기엔 너무 늦었어.' '이제 쉴 때도 됐는데……'

나이를 의식하는 건 그만큼 늙어간다는 반증이다. 반면 나이를 까맣게 잊은 채 '할 수 있다'는 신념으로 뒤늦게 뛰어들어 성공적인 삶을 살아가는 사람들이 있다.

이제 그들을 만나보자.

 49세에 직업군인 정리하고 사업에 뛰어들다

'피자에땅' 공재기 회장

첫 번째 주인공은 '피자에땅'으로 익숙한 (주)에땅(ETANG)의 공재기 회장(1947년생)이다.

공재기 회장은 13번째 '천만 영화'로 기록된 『국제시장』의 주인공 '덕수'와 판박이처럼 비슷한 삶을 살았다. 경남 하동에서 6남매의 장남으로 태어난 그는 14세 때 아버지가 병환으로 돌아가시는 바람에 영화 속 덕수와 마찬가지로 어린 시절에는 공부할 여력은커녕 삼시 세끼 배불리 먹어보는 게 최대 소원이었다.

'별이 빛나는 밤에' 덕분에 쏟아져 들어온 위문편지들

홀어머니와 밑의 다섯 동생을 책임져야만 했던 청년 가장 공재기는 20대의 꽃다운 나이에 월남전에 포병으로 자원 참전했다.

한국에서는 보기 힘들 정도로 엄청나게 큰 배를 타기 위해 수천 명의 장병들이 줄을 섰다. 비릿하게 퍼져오는 바다 냄새가 살아 돌아올 수 있을지 알 수 없는 먼 이국 땅 전장의 피비린내 같았다. 난생 처음 바다를 건너 낯선 땅으로 떠나야 하는 젊은 청년의 마음은 드넓은 바다 한가운데 홀로 남겨진 것 같은 막연한 두려움으로 온통 휩싸였지만, 사랑하는 가족의 생계에 도움이 될 수 있다는 한 줄기 희망의 빛이 얼었던 마음을 녹여주었다.

월남전에서 생명을 무릅쓴 대가로 받은 전쟁수당은 월 50~60달러 정도. 당시에는 일 년을 모으면 시골에서 논 서 마지기(600여 평) 정도를 살 수 있는 큰돈이었다.

하지만 월남은 역시 두려운 곳이었다. 전방은 물론 후방에서도 죽음의 그림자는 순간순간 그와 전우들을 위협했다.

적을 죽이지 않으면 내가 죽임을 당하는 사선(死線)에서 갖가지 사건이 발생했다. 어느 날은 부대 앞에 포탄이 떨어져 긴급히 대피해야 했고, 멧돼지 떼를 베트콩으로 오인하고 숨 가쁜 총격전을 벌이기도 했다. 돌아보면 '해프닝'이고 아련한 추억이지만 당시에는 그 모든 것이 생사를 가르는 사건이었다.

그중에서도 가장 아찔한 사건은 시범조교가 클레이모어(Claymore, 지뢰의 일종)를 설명해주다가 실수로 스위치를 누르는 바람에 전우 한 명이 내장이 튀어나올 정도로 큰 부상을 입고 겨우 생명을 건진 사건이다.

적군만이 위협의 대상은 아니었다. 겨울이 없고 사시사철이 여름인 월남의 모기는 어찌나 큰지 말벌과 헷갈릴 정도였다. 게다가 우리나라 모기는 웽웽 소리라도 들리지만 베트남 모기는 소리도 없이 물고 달아나는 바람에 통증이 가라앉을 틈도 없이 또 다른 모기의 습격을 받곤 했다.

지금 그에게 남아있는 참전의 가장 큰 후유증은 난청이다. 하루에도 포탄을 수백 발씩 쏘아댄 그의 귀가 온전한 상태로 남아 있다는 것이 오히려 기적이라고나 할까. 하지만 그는 심각한 난청에도 불구하고 장애에 대한 보상을 받지 못했다. 전쟁이 끝나고 한참이 지난 다음에야 비로소 사태의 심각성을 깨닫고 뒤늦게 보상을 신청한 터라 난청이 월남전 때문이라는

사실을 증명하기가 어려웠기 때문이다. 월남전이 끝난 지도 벌써 50여 년이 다 되어가지만, 그는 지금도 여전히 상대방이 크게 말하지 않으면 잘 듣지 못하는 장애를 안고 살아가고 있다.

외로운 타국 땅에서 자나 깨나 기다렸던 것은 고국으로부터 전해오는 이런저런 소소한 소식들이었다. 궁핍한 집안을 살리기 위해 목숨을 걸고 전쟁터에 나선 청년 가장이었지만, 또 한편에서는 사랑이 그리울 수밖에 없는 뜨거운 청춘이기도 했다. 하지만 그의 '그리움'은 엉뚱한 곳에서 해소할 수 있게 되었다. 사랑하는 가족들을 두고 월남전에 참여한 그의 사연이 우연히 '별이 빛나는 밤에'라는 라디오 프로그램에 소개된 뒤 위문편지가 물

밀듯이 쏟아졌던 때문이다. 하도 편지가 많아서 예쁜 글씨로 쓰인 편지는 자신이 갖고 나머지는 동료들에게 나눠주었을 정도였다.

어떤 학생은 사진 2장을 보내면서 그중 어느 사진이 자신의 것인지 알아맞혀 보라는 재미있는 퀴즈를 내기도 했다. 답장이 오고 가는 데에는 한 달이라는 긴 시간이 필요했지만, 애틋한 사연이 담긴 편지를 설레는 마음으로 조심스레 펼칠 때면 전장에서의 긴장된 삶마저 사르르 눈 녹듯 사라지곤 했다.

어떤 날은 그 여학생과 송림 백사장을 함께 거닐며 데이트하는 꿈을 꾸었다. 어떤 날은 긴 머리에 하얀 블라우스와 미니스커트를 입은 아리따운 여성이 부산 부영극장에 나타나는 생생한 꿈을 꾸기도 했다. 그는 그렇게 끓는 청춘을 꿈으로 달랬다.

그는 현지 주민들과 관계를 도모하기 위해 군에서 시행하는 대민 사업에 자주 동참했는데, 그때 초등학교 선생과도 잠깐 알게 됐던 적이 있다. 월남전이 끝난 뒤 피난민 임시수용소에서 헤어졌던 사람과 재회를 시켜주는 프로그램이 마련되었다. 당시 그는 지금의 아내에게 베트남에서 만났던 여자가 자신을 찾으러 왔다고 농담으로 말을 건넸는데, 아내는 그 말을 곧이듣고 베트남에서 찍었던 사진들을 죄다 찢어서 쓰레기통에 버리고 말았다. 지금도 그때 일을 생각하면 웃음이 나오곤 한다.

'지천명'을 앞두고 스스로 운명의 길을 선택하다

고국으로 돌아온 그가 선택한 직업은 군인이었다. 덕분에 생활은 비교적 안정적이었지만 결혼을 하고, 아이들이 커 가면서 군인 월급으로는 감당하기가 점점 힘들어졌다. 결단을 해야 했다. 결국 평생 업으로 삼았던 직업 군인 생활을 끝내고 창업 전선에 뛰어들었다. 그의 나이 49세였다. 하늘의 명을 안다(지천명, 知天命)는 50세를 바로 코앞에 두고 그 스스로 자신의 운명을 결정하기로 한 것이다.

정해진 틀과 형식을 따라야 하는 군 생활을 수십 년 동안 해왔던 그가 치열한 생존현장에서 닳고 닳은 '민간인'들과 경쟁을 하는 것은 결코 쉬운 일이 아닐 터. 주변에서는 당연히 극구 반대했다. 하지만 그는 낭떠러지 앞에 선 절박한 심정으로 '이 길만이 살 길이다'라고 생각했다.

그가 가장 먼저 한 일은 '어떤 업종'을 택할 것인가 하는 '선택'이었다.

'할 수 있다'는 군인정신과 누구보다 더 철저히, 더 열심히 한다는 정신으로 서울의 골목길을 샅샅이 누볐다. 그러다 우연히 사람들이 피자를 먹기 위해 바글바글 줄지어 몰려있는 모습을 발견했다.

'바로 이거구나!'

그렇게 그는 '피자'를 사업 아이템으로 잡았다. 첫 출발지는 영등포시장 뒷골목. 하지만 오랫동안 군 생활만 해왔던 그에게 사업자금이 있을 리가 없었다. 그는 여기저기 돈을 빌리기 위해 손을 내밀었지만 누구도 쉽게 돈을 내주지 않았다. 그러나 그는 포기하지 않았다. 평생 모은 돈으로 산 집을 팔고 전세로 옮겼다. 1996년이었다. 새벽 6시, 별을 보며 집을 나서서 밤 12시에 달을 보며 퇴근했다. 7시도 안 돼서 매장에 도착하면 밤새 매장 주변에 쌓인 쓰레기들을 청소했다. 오후에는 직접 홍보전단을 들고 집집마다 돌렸다.

생전 처음 해보는 사업이었지만 나름 기대가 컸다. 하지만 운명은 그에게 큰 시련을 안겨주고 말았다. 창업 이듬해인 1997년에 IMF 사태를 맞고 말았던 것이다. 가계는 물론 국가와 기업이 모두 꽁꽁 얼어붙었다. 매출은 반으로 뚝 떨어졌다. 하지만 고정비용은 줄일 수가 없었다. 머지않아 길거리로 나앉을 판이었다. 고단한 몸이었지만 칠흑 같은 밤이 되어도 잠을 잘 수가 없었다. 뭔가 획기적인 것이 필요했다. 인생의 모든 걸 피자에 걸었는데, 가만히 있을 수만은 없었다.

그때 생각해낸 것이 하나를 사면 하나를 덤으로 주자는 것이었다. 그 이전까지 누구도 보지 못했던 마케팅 기법이었고 IMF 위기에 딱 맞는 아이디어였다. 오늘날 흔히 볼 수 있는 원 플러스 원의 원조 격인 셈이다. 일반적으로 상황이 어려워지면 소극적이 되기 쉽다. 가장 대표적인 대응책이 비용을 줄이는 것. 하지만 그는 정반대로 했다. 그리고 상식을 깨는 1+1의 마케팅은 마침내 장외홈런을 쳤다.

그렇게 IMF를 극복하고 이제 조금 먹고살 만하다 싶었더니 이번에는 미국발 금융위기가 들이닥쳤다. 형님이 기침을 하면 동생은 감기에 걸린다더니, 국내 경제상황은 끝을 모르는 바닥으로 치달았다. 그는 또 한 번 큰 산을 넘어야 했다. 그때 위기를 극복하게 해준 것은 바로 사이즈는 한층 커지고 기름기는 쫙 뺀 패밀리 사이즈 피자였다. 각고의 노력 끝에 V자로 홈을 만들어 팬에 구우면 기름이 잘 빠지면서 빵도 팬에 잘 달라붙지 않는다는 사실을 발견했고, 이를 패밀리 사이즈 피자로 만들어낸 것이다. 이 기술로 특허까지 획득했다.

이런 노력 덕분에 (주)에땅은 2012년 기준 특허 1건, 실용신안 1건, 디자인 7건, 상표권 13건, 저작권 31건 등 총 53건의 산업재산권을 보유한 지식기반형 미래유망기업이 되었다. 1996년, 영등포 뒷골목에서 시작한 자그마한 피자 가게가 어느새 5개의 브랜드를 통해 전국 800여 개 매장에서 1,000억원에 가까운 연매출을 올리는 프랜차이즈 전문 외식 기업으로 성장했다.

피자에땅에는 다른 피자 브랜드에 없는 것이 하나 있다. 그것은 로열티다. 피자에땅은 순수 국내 피자 브랜드이기 때문이다.

피자에 이어 치킨으로 또 한 번 홈런

'피자'는 성공 가도를 달리고 있었지만, 공 회장은 그것으로 만족할 수가 없었다. 바통을 이어나갈 새 아이템이 필요했다. 그렇게 고심을 하던 그는 어느 날 직원들이 보고하는 외식업 후보 사업군에 한 가지 업종이 빠져있다는 사실을 발견했다. 그것은 이미 포화시장이라고 불리던 '치킨'이었다.

당연한 일이었지만, 공 회장이 치킨 사업에 진출하겠다고 하자 주변의 모든 사람들이 반대를 했다. 하지만 공 회장의 생각은 달랐다. 피자보다 네 배 이상 규모가 큰 치킨 시장에 승부처가 있다고 본 것이다.

하지만 남몰래 준비해둔 비장의 닭요리 메뉴가 있었던 것은 아니다. 오로지 '감'으로 판단한 것이다. 어떤 점에서는 바로 이런 것이 오너 기업의 최대 장점이기도 하다. 남들이 보기엔 무모하고 비합리적일지 모르지만, 역사적인 위업 가운데 이렇게 '감'을 가지고 시작한 사업들이 더러 있다. 대표적인 사례가 삼성그룹의 고 이병철 회장이 1983년 반도체 사업을 하겠다고 선포한 도쿄선언이다.

반도체 독자 기술이라고는 전혀 없었던 삼성이 기라성 같은 일본 전자 기업들을 상대로 반도체 사업을 벌이겠다고 하자 당연히 주위에서는 모두 반대를 했다. 하지만 이병철 회장은 확고한 믿음으로 반도체 사업을 밀어붙였고, 그것이 바로 오늘날 삼성전자의 근간이 되었다.

공 회장이 추진한 치킨 사업의 방향은 '맛의 차별화'였다. 아무리 포화된 시장이라도 기존 시장과 다른 차별화를 통해 호응을 이끌어내면 얼마든지 시장을 키울 수 있다고 본 것이다. 그렇게 해서 개발된 것이 '오븐에 빠진 닭'(오빠닭)이다. 기존의 '튀긴 닭'과의 차별화를 위해 '기름 빼기'를 시도한 것이다.

처음부터 공 회장의 시도가 성공했던 것은 아니다.

야심차게 닭 전문가를 데려다 2개월이나 연구·개발을 시행했지만 결과

물은 나오지 않았다. 오븐에 구우니까 껍질이 자꾸 타는 문제가 발생했던 것이다. 마침내 전문가도 두 손 두 발을 다 들고 말았다. 하지만 공 회장은 그를 설득해서 다시 연구에 돌입했다. 포기를 모르는 확고한 신념의 사나이에게 신이 화답을 미소를 보낸 것일까? 마침내 타지 않고 기름기까지 쫙 뺀 오빠닭이 탄생했다.

그동안 어느 동네에나 '닭' 메뉴는 차고 넘쳤지만 요리법은 큰 차이가 없었다. 그런데 공재기 회장은 새로운 제조공법으로 '흔하지 않은 닭'을 탄생시켰다.

어떤 산업이든 '시장의 정체와 포화'는 오게 마련이다. 하지만 그것은 고정된 하나의 '틀 안'에서 봤을 때 이야기다. 그 틀을 살짝 비틀고 깨면 시장은 다시 확장이 된다. 그걸 가능하게 해주는 것이 바로 '창의성'이다. '창의'는 정체 상태에 머물러 있던 시장에 파문을 일으키며 새로운 고객을 창출한다.

이처럼 남다른 그의 창의적인 노력들은 2012년 중소기업인대회 국무총리 표창장, 2013년 미래창조경영 우수기업 프랜차이즈 부문 대상 등 19개에 이르는 영예의 수상으로 이어졌다.

긍정적인 생각이 외모도 바꾼다

어느새 그의 나이도 칠순을 바라보게 되었고, 주변 사람들도 이젠 좀 쉬라고 하지만, 그는 아직도 일하는 순간이 행복하고 도전할 때 가장 보람을 느낀다고 한다.

그는 어린 시절 가난 때문에 중단했던 공부에 대한 갈증을 풀기 위해 서울대 CEO 교육과정을 다니며 젊은 사람들과 함께 배움의 기쁨을 만끽하고 있다. 여전히 새벽 5시면 일어나 헬스를 하면서 체력관리도 게을리하지 않는다. 또한 틈나는 대로 종로, 강남, 양천의 장애인복지관을 찾아 어려운 이웃을 돕고 있으며 서울특별시립 '은평의 마을'의 노숙자, 독거노인들을 후원하는 일도 열심히 하고 있다.

공 회장은 천생 비즈니스맨이다. 진정한 비즈니스맨은 삶의 행복을 '일'에서 찾는다. 행복을 꼭 자연이나 취미생활 등에서 찾으라는 법은 없다. 자신이 하고 싶고 행복감을 느끼는 것이라면 일이든, 취미생활이든, 여행이든, 자연이든 상관이 없다.

미국 예일대 공중보건대학 연구진이 61세부터 99세까지의 노인 100명을 대상으로 한 연구에 의하면 긍정적인 삶의 태도가 노년기에도 지속적인 건강을 유지시키는 원동력이 된 것으로 밝혀졌다. 100명의 실험 대상자들은 4개의 그룹으로 나눠졌는데, 그중 한 그룹은 '원기왕성' '창의성' '활발함' 등과 같은 긍정적인 메시지를 집중적으로 전달받았다. 그리고 4주 후에 체력을 측정한 결과 모두 신체능력이 놀랍도록 향상되었다. 반면 긍정적인 메

시지에 노출이 되지 않은 그룹은 별다른 진전이 없었다.

이처럼 긍정적인 생각을 갖는 것만으로도 삶을 더욱 젊게 살 수 있다. 어떤 생각이 반복되면 그것은 우리의 뇌 속에 잠재의식이 되어 깊이 스며드는데, 그 생각이 신체의 활동에도 많은 영향을 준다. 실제로 생각이 밝고 긍정적인 사람은 외모도 젊게 유지되는 경향이 큰 반면, 매사에 비관적이고 안 되는 쪽으로 생각하며 걱정이 많은 사람은 외모 또한 다른 사람에 비해 더 늙어 보인다.

공재기 회장은 창업 14주년을 맞아 금전적인 어려움 때문에 꿈과 열정을 펼치지 못하는 사람들에게 도움을 주기 위해 '나도 사장되기'라는 창업지원프로그램을 마련했다. 과거 창업자금 문제로 어려움을 겪었던 자신의 지난 시절을 생각하며 최대 1억원까지 무이자로 창업지원금을 대출해 주기로 한 것이다.

조건은 아주 간단하다. 열정과 꿈 그리고 부지런함만 있으면 된다. 나이 제한은 없다. 이 프로젝트를 통해 대구의 한 점주는 매장을 20개까지 늘렸고, 제주의 한 점주는 15개나 되는 매장을 운영할 정도로 가맹 점주들도 성공신화를 이어가고 있다.

공 회장은 피자로 사업을 시작했지만 이제는 닭(오빠닭)과 족발(본능족으로), 분식(투핑거스) 등으로 사업영역을 점차 확대해 나가고 있으며 지금도 신 메뉴 영역을 발굴하기 위해 동분서주하고 있다. 그의 미래는 밝다.

그는 기존에 있던 것이지만 남들이 간과하거나 놓치고 있는 점을 간파하는 데 선수이기 때문이다. 정체된 메뉴에 식상한 소비자들일수록 상식을 뒤엎는 새로운 메뉴에 열광한다.

나이가 들면 대개 보수적으로 성향이 변하게 마련이지만, 공 회장의 몸엔 여전히 창업 초기 도전정신의 신선한 피가 그대로 흐르고 있다. 그에게 나이란 그야말로 숫자에 불과하다.

"아이처럼 모든 가능성을 열어놓고 미래에 벌어질 일을 상상하면 일이 즐겁습니다."

그는 지금도 새로 개발한 메뉴를 사람들이 맛있게 먹는 모습을 떠올리면 가슴이 쿵쾅쿵쾅 울린다. 그러면서 또 다른 꿈이 뒤따른다.

젊음의 비결은 대단한 것이 아니다. 자신의 일을 즐기고, 더 나은 미래를 꿈꾸는 것, 바로 그것이 나이를 잊는 비결 아닌 비결이다.

공 회장은 오늘도 "무언가를 하려고 마음먹는다면 늦은 나이라는 것은 없다"라고 말한다.

48세의 결심, '죽기 전에 내 사업을 하겠다!'

볼레디 박승곤 대표

두 번째 주인공은 반려견 놀이 장난감을 만드는 볼레디의 박승곤 대표이다.

- 2014 스마트 프로덕트 창업경진대회 서울 테크노파크 대상 수상
- 모바일 쇼 'GMV(글로벌 모바일 비전) 2014'에서 미국 정보기술(IT) 매체 위버기즈모가 선정한 혁신 부문 은상 수상
- 스페인 오렌지 텔레콤의 우수 벤처기업 선정
- NIPA/US MAC 주관 미국 실리콘밸리 이노베이션 나이트 1등 수상
- 2015 디지털 이노베이션 정보통신/기기 부문 대상 수상

독자들에게는 생소할 수 있는 '반려견 놀이 장난감'이라는 신제품을 개

(주)볼레디의 '강아지를 위한 자동 공놀이 급식 시스템'

발해낸 (주)볼레디 박승곤 대표의 수상이력이다.

'볼레디'는 애견이 가지고 노는 장난감이다. 하지만 어디서나 흔히 볼 수 있는 '개 껌'이나 '공'과는 차원이 다르다.

볼레디는 모두 세 가지 기능을 가지고 있는데, 첫 번째는 놀이 기능이다. 개가 공을 입으로 물어다 통 속에 넣으면 잠시 후 공이 발사가 된다. 그럼 그 공을 다시 물어서 원래 위치에 갖다 놓으면서 놀 수 있다. 여기서 중요한 것은, 놀이의 지속성을 유도하기 위해 파블로프의 조건반사 원리인 '보상 개념'을 적용했다는 것. 즉 개가 공을 통 속에 넣으면 그에 대한 보상으로 간식(소량의 사료)이 나오게 되어 있다. 이로써 애견은 지루해하지 않고 공놀이에 몰두할 수 있다.

두 번째 기능은 정해진 시간에 사료가 자동으로 공급되는 급식 기능이다. 자칫 사랑하는 애견의 끼니를 챙겨주지 못하는 경우에 매우 편리하게 이용할 수 있다.

세 번째는 고급형 기능으로서, 영상을 이용한 모니터링(홈 카메라와 스마트폰 연동) 기능이다. 반려동물을 유치원이나 보관소에 맡길 경우 적지 않은 비용이 발생하지만, 볼레디 제품을 이용하면 비용이 거의 발생하지 않는다. 뿐만 아니라 출퇴근 시에 반려동물을 맡겼다가 찾아오는 번거로움도 덜 수 있다.

'볼레디'라는 제품명이자 회사명은 말티즈 두 마리를 키우고 있는 그의 아내가 지어준 이름으로 Ball + Ready, 즉 준비된 공이라는 의미다. 아마 개를 '동물'로만 보았다면 이런 아이디어는 나오지 않았을 것이다. 개를 개로 보지 않고 '반려'로 생각하는 사랑의 마음이 있었기 때문에 이처럼 혁신적인 놀이기구가 탄생할 수 있었던 것이다.

프로그래밍에 일가견이 있는 아들은 홈페이지를 만들어주었다. '창업'이 가족관계를 더 단단하게 묶어낸 셈이다.

볼레디의 박승곤 대표를 처음 만난 것은 지난 2014년, SK텔레콤 브라보 리스타트(Bravo Restart) 2기 발표회를 방문했을 때였다.

박 대표는 쌍용자동차에서 6년 동안 전기장치 연구원으로 근무하다가

IMF 당시에 회사가 다른 대기업에 매각되자 LED 백라이트를 제조하는 금형 디스플레이 업체로 옮겨 2012년까지 IDS 디스플레이 연구소장을 지냈다. 그러다 오너가 '먹튀'를 하고 회사가 중국으로 넘어가면서 20여 년의 직장생활에 종지부를 찍고 말았다.

그가 창업을 결심하게 된 가장 큰 계기는 큰아들. 사춘기를 맞은 큰아들이 잠시 한눈을 파는 모습을 보고 마음이 아팠던 그는 맞벌이하는 아내와 아이들에게 자랑스러운 아빠가 될 것을 다짐했다. 그리고 '죽기 전에 반드시 내 사업을 해야겠다'는 결심을 했다. 그의 나이 48세였다.

하지만 오랫동안 직장생활만 했던 그에게 특별히 정해놓은 아이템이 있을 리 만무했다. 그때 처남이 그에게 '반려동물 관련 아이템'이 좋겠다는 아이디어를 주었다.

사실 개나 고양이 등은 이미 '애완'의 수준을 넘어 인간의 반려 '가족'과 같은 존재가 되었다. 특히 싱글족의 경우 이들이 차지하는 삶의 비중이 적지 않다. 게다가 한국은 세계에서 가장 노령화가 급속도로 진행되는 나라로서, 이미 오래전부터 혼자 살거나 부부끼리만 쓸쓸히 노년을 보내는 인구가 갈수록 증가하고 있다. 이러한 외로움을 달래줄 대안 중 하나가 바로 애견산업이다. 반려동물을 위한 미용실은 말할 것도 없고 유치원, 호텔 및 스파에서 장례식장까지 생겼다. 심지어 출근할 때 반려동물을 전용 유치원에 맡기고 퇴근할 때 찾아오는 직장인도 있을 정도다.

우리나라 애견산업 시장 규모는 금액으로 따지면 대략 2조원(2014년 기준) 정도이고 매년 10퍼센트 가량의 성장 추세를 감안하면 5년 후인 2020년에는 약 6조원에 달할 것으로 전망된다. 그만큼 가파르게 성장하는 산업이 바로 애견산업이다. 실제로 새롭게 조성되는 신도시 주위를 지나다 보면 어김없이 보이는 것이 동물병원이다.

반려동물과 함께 사는 우리나라 인구는 약 20퍼센트로 추산된다. 숫자로 따지면 무려 1,000만 명이다. 서울 인구와 맞먹는 사람들이 이미 반려동물과 함께 살고 있다. 그런데 이게 다가 아니다. 시장을 전 세계로 확대하면 부의 창출효과는 무궁무진하다.

사업의 가능성을 확인한 그는 각종 세미나와 동호회, 포럼 등 강아지와 관련된 모임은 죄다 쫓아다니면서 신중하게 아이템을 모색했다. 그리고 동물병원, 애견카페, 동물학교, 조련사, 훈련소, 반려동물을 키우는 싱글족 등과 깊은 교류를 나누면서 개와 사람이 제대로 교감할 수 있는 방법을 연구했다. 그러다 혼자서 연구하는 것이 한계점에 부딪히자 제품의 전략을 짜고 개발하는 인재들을 영입했다. '준비된 공'이라는 회사명 그대로 박 대표는 일 년 반 동안 발이 닳도록 현장을 누비며 '실력'을 갖추었다. 그렇게 현장을 뛰면서 몸은 지치고 고되었지만 마침내 '볼레디'라는 옥동자를 얻어낼 수 있었다. 2012년 시제품을 만들어 집에서 키우던 개에게 테스트해본 결과, 그는 사업에 대한 확신을 가지게 되었다.

하지만 시제품이 나온 뒤에도 연구는 계속되었다.

"개들이 가지고 놀다 제품이 넘어지면 어떡하죠?"

"공을 넣는 구멍에 쉬를 하면 어떡하죠?"

"먹이를 먹으려고 가까이 다가가다 빠른 속도로 공이 튀어나와서 얼굴을 다치면 어떡하죠?"

"주인이 쉽게 제품의 위치를 옮길 수 있나요?"

현장을 뛰면서 무수히 많은 질문과 조언을 받았다. 혼자 생각해서는 나올 수 없는 귀한 정보이자 제품의 콘셉트를 어떻게 잡아야 할지 알려주는 중요한 단서가 되었다. 이런 정보들은 고스란히 제품에 반영되었다.

무게 중심을 아래쪽에 배치하여 잘 넘어지지 않게 하였고, 배수구를 따로 두어서 만약의 사태에 대비하였으며 사료 구멍과 볼이 나오는 구멍 사이의 간격을 충분히 떨어뜨려 충돌을 방지했다. 마지막으로 사람이 한 손으로도 충분히 들 수 있도록 디자인을 적용하자 완성도는 상당한 수준에 이르렀다. 그리고 2015년 8월, 드디어 상용 판매를 개시했다. 그리고 이제는 애견을 '유모차'에 싣고 다니는 사람들을 위해 볼레디를 간편하게 가지고 다닐 수 있는 가방도 기획하고 있다.

물론 지금의 성공이 있기까지 박 대표가 걸어온 길이 순탄한 것만은 아니었다. 스타트업에 대한 경험이 없던 초기 시절, 엔젤투자자를 잘못 만나 사기를 당하고 아까운 6개월을 그냥 까먹기도 했다. 그 뒤로는 사람을 만나는 일이 두려워지기까지 했다.

하지만 이런 시행착오를 겪은 뒤, 다행히 SKT 브라보 리스타트 2기에 선정되어 기술개발자금 1억원을 지원받으면서 사업은 순항을 하게 되었다. 그리고 2015년 3월에는 마이크로소프트와 스마트 펫 케어 시스템의 활용과 발전을 위한 MOU를 체결했다. 이제 (주)볼레디는 세계의 유수 기업들이 주목하는 회사로 성장하고 있다.

전 세계 어린이들에게 꿈과 재미를 주는 디즈니랜드를 만들어낸 디즈니는 무명 시절 작은 방안에 갇혀 그림을 그리곤 했다. 가난했던 그 시절, 먹을 게 없었던 쥐들도 그의 방을 들락거리면서 떨어진 빵 부스러기를 먹었다. 보통 사람 같으면 불쾌하고 혐오스러운 기분 때문에 쥐를 내쫓았겠지만 디즈니는 달랐다. 배고픈 쥐들이 그의 눈에는 외로움을 달래주는 친구처럼 느껴졌던 것이다.

쥐에 대한 애정이 커지자 그는 쥐를 그리기 시작했다. 예술가의 위대함은 무한한 생각을 유형의 작품으로 표현하는 데 있다. 디즈니에 의해서 그동안 천대받았던 쥐는 귀엽고 깜찍한 만화 속의 주인공 미키마우스로 새롭게 태어났다.

성공한 비즈니스맨과 예술가는 공통점이 있다. 새로운 가치를 창출하는 비즈니스와 감동을 전해주는 예술작품은 모두 '상상력'이 출발점이다. 그리고 상상력은 어떤 대상에 대한 진실한 사랑에서 비롯된다.

볼레디 홈페이지에 남겨진 응원의 메시지들

운동량이 부족한 반려견들의 건강을 챙기는 데 큰 도움이 될 것.

- K씨

혼자 집에 있는 강아지들에게 매우 좋은 선물이 될 것.

- L씨

반려동물을 사랑하는 사람으로서 사람과 동물 사이의 감성을 케어해주는 제품과 서비스! 이것이야말로 21세기 감성시대의 대표제품이라고 확신한다. 사랑과 자연을 대표하는 기술혁신기업 볼레디를 응원한다.

- A씨

나뭇잎 하나로 연 30억 매출!

70대 할머니들의 '이로도리(いろどり) 인생2막'

"생각이 길어지면 용기는 사라집니다. 지금 당장 고백하세요."

연극 『그녀를 믿지 마세요』에 나오는 명대사다.

사랑이든 사업이든, 마음속에만 담아두고 실행을 주저하는 것은 성공해야 한다는 강박관념이 장벽으로 작용하기 때문이다. '거절하면 어떡하지?' '실패하면 어떡하지' 하는 마음이 '시작' 하려는 마음을 가로막는 것이다. 시작이 가벼워야 행동으로 쉽게 옮길 수 있다.

이웃나라 일본에는 이런 '가벼운 시작' 덕분에 연간 30억원에 달하는 매출을 올리는 마을이 있다. 게다가 그들이 생산하는 상품도 가볍기 짝이 없다. 바로 '나뭇잎'이다.

지난 2012년 일본에서 만들어져 이듬해 『이로도리, 인생2막』이라는 제목으로 우리나라에서도 상영된 이 영화 속 주인공들은 70대 할머니들이다. '이로도리'는 '다양한 색깔을 가진 나뭇잎들'이라는 의미다. 흔하디흔한 나뭇잎을 판다는 기막힌 발상이 마치 현대판 봉이 김선달이 강림한 것 같은 착각을 불러일으킬 정도다.

무대는 일본의 가미카츠(上勝)라는 작은 마을. 젊은 사람들이 도시로 썰물처럼 빠져나가면서 노쇠한 노인들만 남게 되었다. 그런데 우연히 젊은 아가씨들이 식사를 하다가 예쁘다며 음식의 장식에 쓰인 단풍잎을 손수건에 고이 싸가지고 가는 모습을 보고 단풍잎 판매 사업을 벌여 성공을 한다는 이야기다.

"도시 애들은 이런 걸 좋아하지."
"여긴 발에 차이는 게 나뭇잎인데……."
"가게에서 좀 팔아볼까?"
"한번 해봐, 일단 공짜로 주는 거야."
- 영화 『이로도리, 인생2막』 중에서

가미가츠 마을의 성공은, 마을 노인들의 삶에 활력을 주었을 뿐만 아니라 경제적으로도 큰 이득을 안겨주었다. 그 결과 일본의 실버 세대들에게 '나도 할 수 있다'는 자신감을 불어넣어 주었다. 노인들도 얼마든지 창업을 통해 희망찬 제2의 인생을 누릴 수 있다는 성공모델이 된 것이다.

비즈니스라고 해서 꼭 대단한 기술과 자본이 필요한 것이 아니다. 작은 일상 속에서도 기회는 늘 존재한다. 다만 그것을 볼 수 있는 열린 마음과 한번 해보겠다는 실행력이 합쳐질 때 비로소 꽃으로 피어날 수 있다.

"오늘 가꾸지 않으면 내일 재배할 수 없지."

"난 하루하루 희망 없이 일을 해왔어. 그래서 지금이 너무 좋아."

"우린 70세가 넘었는데도 희망이 있잖아!"

"우리가 100세까지 산다면, 70세는 아무것도 아니야."

- 영화 『이로도리, 인생2막』 중에서

영화 '이로도리, 인생 2막'의 포스터

젊었을 때 창업해서 늙을 때까지 사업을 영위하는 것은 흔히 볼 수 있는 일이지만 가미카츠 마을 할머니들처럼 70대의 늦은 나이에, 그것도 난생 처음 창업을 해서 성공한다는 건 결코 쉬운 일이 아니다. 그들이 일궈낸 '신화'의 중심에는 '나이가 많아서 안 될 거야' 하는 고정관념을 깨고 자신의 의지대로 삶을 주체적으로 이끈 긍정의 태도가 있었다.

내게는 정년이 없다!

80세의 현역 보험 컨설턴트 강동익

80세. 인생의 황혼에서 삶의 의욕을 내려놓고 조용히 쉬면서 살아갈 나이지만, 삼성생명 부산 AFC(Agency Financial Consultant)에서 여전히 '현역'으로 활동하며 노익장을 자랑하는 사람이 있다. 강동익씨다.

- 사내 기네스북 3회 등재
- 컨설턴트 최고의 영광인 연도상 32년 연속 수상
- 별명 '빨강머리'

경력만 보면 '타고난 보험 컨설턴트' 같겠지만, 사실 그녀가 처음 보험의 길에 뛰어든 것은 40대에 접어든 뒤였다. 20~30대에 출발하는 다른 사람에 비해서는 꽤나 늦은 편이었다. 처음 운전면허를 따낸 것도 58세 때였으니 늦게 출발한 것이 한두 가지가 아니다. 하지만 자신보다 일찍 출발했던 대부분의 동료들이 은퇴를 한 뒤에도 그녀는 꾸준히 직장생활을 계속했고, 그러다 보니 어느새 40년을 헤아리게 되었다. 어지간한 성실성과 열정이 없으면 할 수 없는 일이다. 제50회 연도상 시상식이 있은 뒤 삼성생명 4만 컨설턴트에게 큰 귀감이 되었다며 부사장이 직접 그녀에게 감사의 편지를 보내기도 했다.

사무실 앞에서 포즈를 취한 강동익씨

지금의 화려한 이력을 쌓기까지는 힘든 날도 적지 않았다. 40대의 나이에 무언가 새로운 일을 배운다는 것도 녹록치 않았지만 사람의 마음을 움직이는 것은 하루아침에 되는 일이 아니었다.

그녀는 다섯 살 때 소아마비에 걸려 걷는 것조차 불편했던 몸이었다. 하지만 포기하지 않고 재활치료를 통해 장애를 극복해냈다. 이런 의지의 힘으로 세상을 살다 보니 남보다 늦은 출발임에도 포기하지 않고 오히려 더 높은 성과를 이뤄낼 수 있었던 것이다.

그녀가 이처럼 어려움을 극복하고 삶의 희망을 찾을 수 있었던 데는 평소 긍정적으로 생각하고 웃는 습관의 힘이 컸다. '강동익'이라는 이름을 기억하는 사람들이 가장 먼저 떠올리는 것은 언제나 환하게 웃는 그녀의 모습이다.

그녀는 본래 제법 규모가 있는 선박회사의 경리로 일했다. 바다 사나이들의 거친 말투와 행동이 몸에 밴 직원들 사이에서 그녀는 홍일점이었다. '미스 강'은 사내들 속에서도 주눅 들지 않고 똑 부러지게 일을 처리했지만, 매정한 직원은 아니었다. 키는 작지만 오히려 다부진 일처리 덕분에 많은 사람들로부터 신뢰를 받았고, 인기도 많았다. 게다가 돈도 꽤 잘 버는 편이었으니 일등 신붓감이 따로 없었다.

7년 정도 일을 하다 인생의 배필을 만난 강동익씨는 아쉽지만 회사를 그만두고 보수적인 시어머니 밑에서 집안 살림살이를 도맡아 했다. 그러다 큰아들이 초등학교 3학년이 되었을 때, 불현듯 집안일만 하다가 잊혀져버리기에는 인생이 아깝다는 생각이 들었다. 한때는 그래도 잘나가는 선박회사의 경리가 아니었던가?

자식 교육을 제대로 시키기 위해서라도 돈을 벌어야 한다고 시어머니를 설득했다. 그렇게 43세의 나이에 보험 일을 시작했다.

첫 시작을 하는 데에는 전에 다녔던 직장이 큰 도움이 되었다. 선장과 기관장을 비롯해 많은 선원들이 격려를 해주었고, 지인 중 한 사람은 10억이라는 거금을 선뜻 맡기기도 했다. 평소 인간관계를 신뢰로 튼실히 엮어놓은 덕이다. 하지만 초등학교 동창이 보험업에 뛰어든 자신을 보고 동정어린 시선을 보였을 때는 핑 눈물이 돌기도 했다.

남편은 지금 7년째 요양원에서 지내고 있다. 한창 일할 때, 한 가정의 아내로서 삼시세끼 제대로 차려주지 못한 것이 늘 마음에 걸린다.

하지만 지방의 한 대학에 교수로 있는 막내아들은 말한다.

"엄마가 없었으면 이 자리에 올 수 없었을 거예요."

밍크 털은 위에서 밑으로 쓰다듬어야 곱듯이 부모가 자식을 위해 아래로 쓰다듬는 애정을 보일 때 자식 또한 잘 될 수 있다고 그녀는 믿는다.

"매일 아침 일찍 일어나 화장을 하고 출근할 생각을 하면서 내 자신을 다시 가다듬게 돼요."

그녀가 80대의 나이에도 매일 자신을 관리하며 일을 계속하는 것은 경제적인 이유 때문이 아니다. 사실 먹고사는 것은 이제 그녀에게 별문제가 아니다. 그보다 중요한 것은 '의미 있는 일을 한다'는 보람과 건강이다. 그녀는 지금도 매일 새벽 5시 반에 일어나 20분씩 체조를 하고, 퇴근 후에도 40분씩 걷기를 하며 체력관리를 철저히 하고 있다.

그녀가 건강관리의 1등 공신으로 꼽는 '걷기'는 너무나 평범하기 때문에 지나치기 쉽지만 실로 놀라운 효능이 숨겨져 있다.

미국 피츠버그대학의 커크 에릭슨 박사 연구팀이 55세부터 80세까지의 남녀 120명을 연구 조사한 결과에 의하면, 일주일에 3회씩 40분 동안 걷기 운동을 시킨 결과 뇌의 기억중추라고 할 수 있는 해마의 크기가 증가된 것으로 확인되었다. 해마는 알츠하이머병에 걸릴 경우 가장 먼저 파괴되는 매우 중요한 부위이다. 그리고 단순히 스트레칭만 한 그룹의 경우 일 년간 뇌가 1.5퍼센트 수축되었지만, 걷기 운동을 한 그룹은 해마가 포함된 뇌의 핵심조직이 최대 2퍼센트나 증가했다. 그만큼 걷기는 가장 쉬우면서도 뇌를 젊게 유지시켜주는 매우 효과가 뛰어난 운동이다.

여전히 현역으로 뛰고 있지만, 언젠가 그녀도 은퇴를 해야 한다는 것을 알 것이다. 그녀가 은퇴를 하면 편하게 쉴까? 그렇지 않다. 은퇴 이후에는 자신보다 어려운 이웃을 위해 봉사를 하며 꿈과 희망을 심어주기 위해서 또 다른 꿈을 실현해 갈 것이라고 한다.

멈추지 않는 삶의 열정이 그녀가 이 세상에 존재하는 이유가 아닐까?

3장

실버벨

인생에 한 번쯤은 마음 가는 대로 저질러라

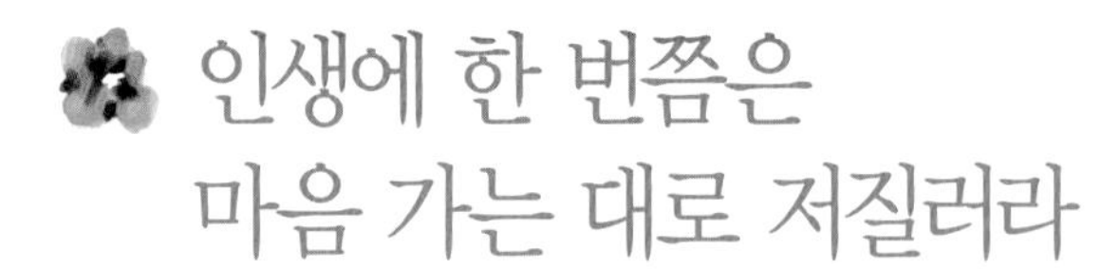

인생에 한 번쯤은 마음 가는 대로 저질러라

실버벨.

해마다 성탄절이 되면 들려오는 맑고 고운 캐럴. 은은하게 퍼지는 사랑의 소리를 담은 은종의 울림은 참 맑고 깨끗하다. 종은 크고 무거울수록 그 울림이 깊고 그윽한 반면 작은 종일수록 소리가 경박하다.

충북 진천에는 국내 유일의 종 박물관이 있다. 언젠가 가족과 함께 그곳에 들른 길에 야외에 있는 커다란 범종을 당목(撞木)으로 쳐봤다. 처음엔 커졌다가 점차 작아지는 종소리의 울림이 가슴에 긴 여운을 남겼다.

'나이가 들었다'는 것을 단지 '노쇠함'으로 치부하는 것은 처음에 울려퍼지는 큰 종소리만 알고, 그 이후에 이어지는 깊고 그윽한 울림을 모르는 것과 같다.

뒤늦게 좋아하는 일을 시작한다 하여 부끄러워 할 이유는 없다. 지금까지 늦고 빠름을 다른 사람의 판단에 맡겨 왔다면 이제부터는 그 판단을 스스로에게 맡겨보라. 삶의 주인공은 바로 당신이다.

좋아한다는 말은 평범한 말이면서 가장 흔히 쓰는 말이기도 하다. 그런데, 무언가를 정말 좋아하는 사람에겐 남다른 점이 두 가지가 있다. 첫째, 그것을 오래도록 지속한다. 둘째, 좋아하는 것 이상의 의미를 따로 두지 않는다. 좋아하는 것을 명예나 부를 축적하는 수단으로 쓰지 않는다.

명예나 부는 좇는다고 얻어지는 것이 아니다. 그것은 그림자와 같아서 좇을수록 더 멀리 달아날 뿐이다. 따사롭게 내리쬐는 햇볕을 받으며 가만히 서서 자신이 좋아하는 일을 할 때, 그림자도 함께 머문다. '오지 여행가' 한비야가 잘나가던 국제 홍보회사 버슨-마스텔라에 과감하게 사표를 던지고 환갑이 다 되어가는 지금도 여행을 계속하고 있는 이유는, 의무감이나 사명감으로는 설명할 수 없다. 분명히 그 밑바탕엔 '좋아함'이 자리 잡고 있다. 어떤 일을 진정으로 좋아하지 않고는 그토록 오래, 꾸준하게 할 수 없다.

사랑을 하게 되면 상대방이 좋아하는 것을 아낌없이 주는 것처럼 자신을 사랑하면 자신이 좋아하는 일을 하게 된다. 다시 말해, 좋아하는 일을 하기 위해서는 먼저 자신을 사랑하는 법을 알아야 한다.

'좋아하는 것'에 '나이'라는 기준은 없다. 또, 좋아하니까 잘해야 한다는 당위성도 없다.

"너무 깊게 생각하지 마세요. 너무 재지도 마세요. 인생에 한 번은 마음 가는 대로 해보세요. 틀리면 어때요? 다시 하면 되잖아요."

20대의 젊은 나이에 유튜브를 창업해서 2006년 구글에 2조원이라는 천문학적인 금액을 받고 매각한, 이제 30대 중반이 된 스티브 첸이 한 말이다.

그런데 그는 화려하게 펼쳐질 장밋빛 미래를 코앞에 둔 2007년 출장을 마치고 돌아오는 비행기 안에서 기절을 했다. 병원에서 진단한 결과 뇌종양이었다. 수술을 받고 나서 그는 결심했다.

'앞으로는 내가 진정 하고 싶은 것을 하면서 살아야겠어.'

그 후 첸은 값비싼 골프채를 사서 골프를 시작했지만 이내 곧 질렸다. 이번에는 고급 카메라를 구입해서 사진을 찍으러 다녔지만 역시 재미를 못 느꼈다. 그는 생각했다.

'내가 진짜 좋아하고 잘할 수 있는 것이 무엇일까?'

오랜 생각 끝에 첸은 결론을 내렸다. '내가 좋아하면서도 잘할 수 있는 것은 문제를 찾고 해결하는 것이야!'

사실 첸이 유튜브를 창업한 계기도 사람들이 궁금해하는 영상을 대신 찾아주면 어떨까? 하는 데서 시작된 것이었다. 사람들의 궁금증을 '해결' 해주고자 하는 평소의 생각들이 마침내 유튜브라는 대박을 만들어낸 것이다.

진정으로 좋아하는 일을 찾았다면 마냥 미루지 말라. 그리고 처음부터 어떤 부가적인 이유를 붙이지 말라. 사랑하는 사람을 만나면 왜 좋은지 설명이 어려운 것처럼 좋아하는 일을 할 때도 왜 좋은지 굳이 설명할 필요는 없다. 하나뿐인 나의 인생, 진정으로 좋아하는 일 한 번쯤은 해봐야 하지 않을까?

75세에 처음 붓을 잡고 미국의 국민 화가가 되다

안나 매리 로버트슨 모제스

다섯 번째 주인공은 미국의 국민 화가로 불리는 '안나 매리 로버트슨 모제스'(1860~1961)다. 그녀는 '추수감사절의 칠면조'(1943)처럼 일상생활을 그린 세시기(歲時記) 풍의 회화로 처음에는 마더 모제스, 후에는 그랜드마 모제스(Grandma Moses)라 불리며 미국인들의 큰 사랑을 받았다.

1861년, 미국 뉴욕의 작은 시골 마을인 그리니치의 한 농가에서 농부의 아이로 태어난 그녀는 27세인 1987년에 결혼할 때까지 이웃 농가의 가정부로 일했다. 40여 년 동안 농부의 아내로 일하다 67세 때 남편인 토머스를 먼저 떠나보냈다.

그 후 농사일을 계속하다가 취미삼아 털실로 수를 놓았는데, 노화로 인한 관절염 때문에 손가락이 자유롭게 움직이지 않아서 그마저도 계속할 수 없게 되자 바늘 대신 붓을 잡았다. 75세 때였다.

정규교육을 받아본 적이 없는 터라 순전히 독학으로 그림을 그렸는데, '옛날 떡갈나무 통'(The Old Oaken Bucket, 1943), '사과 버터 만들기'(Apple Butter Making,1947), '헛간 댄스'(Barn Dance, 1950) 등과 같은 추억의 시골풍경을 주로 그렸다. 평생토록 보고 자란 시골 농장의 풍경이 바로 그림의 주요 소재였던 것이다.

그러다 운명이 뒤바뀌는 결정적인 사건이 발생했다. 그녀의 나이 79세 때, 우연히 뉴욕 미술품 수집가의 눈에 띄어 첫 번째 전시회를 열게 되었고, 뉴욕 현대박물관에까지 전시가 되었다. 작은 시골마을에서 소일거리로 그렸던 그림들이 넓은 세상에 알려지는 순간이었다. 1949년, 89세 때는 트루먼 대통령으로부터 여성프레스클럽상을 수상하기도 했다.

전문 화가가 그린 완성도 높은 그림은 아니지만, 자연과 인간이 함께 등장하는 그녀의 그림을 보고 있노라면 마음이 자연스레 포근해지고, 고향에 대한 진한 향수에 젖어들게 된다.

슈가링 오프, 1945

101세에 세상을 떠나기까지 그녀가 그

린 그림은 1,600점에 달했으며, '슈가링 오프'라는 작품은 2006년에 120만 달러(12억원 상당)의 거액에 팔리기도 했다.

그녀는 유명한 화가가 되기 위해 그림을 그린 것이 아니다. 다만 고향에서 어릴 적 뛰어 놀던 자연과 그리운 사람들을 생각하며 평소 하고 싶었던 대로 그림을 그렸을 뿐이다. 만약 그녀가 화가로서 돈과 명예를 거머쥘 욕망과 꿈이 있었다면 돈을 주고 정식으로 교습을 받았을 것이다.

바이올리니스트 출신으로 뉴욕 메트로폴리탄 오페라를 지휘한 최초의 여성 지휘자 사라 콜드웰은 말했다.

"성공함으로써 자기가 좋아하는 일을 더 많이 할 수 있는 경우에만 성공은 중요한 것이 될 수 있다."

성공의 운이 따르면 강연이나 방송 출연 등 그에 수반되는 부수적인 다른 일들도 생기게 마련이다. 그러다 보면 본업이 아닌 일에 시간을 뺏기는 경우가 발생한다. 돈은 많이 벌 수 있겠지만, 콜드웰의 말에 의하면, 그때부터는 진정한 성공이 아니게 된다. 모제스는 그림으로 큰 성공을 거두었지만 다른 일 때문에 그림을 그리는 시간을 뺏기지는 않았다. 오히려 더 큰 동기부여와 자신감으로 그림에 매진했다.

농부가 한 톨의 쌀을 수확하기 위해서는 봄에 건강한 볍씨를 골라 모심기를 하고, 여름에는 농약을 뿌리고 해충을 예방한다. 새들을 쫓고 잡초도 제거해줘야 영양분이 오롯이 벼에게 갈 수 있다. 가을엔 여름 동안 뜨거운 햇살 아래 잘 익은 벼를 추수하고, 늦가을에는 볏잎의 겉껍질을 벗겨내 말리기를 한다. 벼는 정미소에서 포장되어 유통센터로 운송되면 드디어 밥상에 오르게 된다. 쌀은 이렇게 일 년이라는 인고의 긴 세월을 거쳐야만 밥상에 오를 수 있다.

하지만 아무리 농부가 열심히 일해도 '자연'이라는 운이 따르지 않으면 좋은 결실을 맺을 수 없다. 농부의 의지와는 상관없이 풍작과 흉작을 결정하는 것은 오롯이 자연의 몫이다. 마찬가지로 성공도 운이 따라야 한다. 그런데 운이라는 것은 그것을 원했을 때 이루어지는 것이 아니라 모제스 할머니처럼 자신이 하고자 하는 일에 오롯이 집중하고 진심을 다했을 때 부가적으로 얻어지는 것이다.

메리와 어린 양, 1947

만일 어떤 일의 결과가 일반적인 관점의 성공이 아니더라도 낙담할 필요가 없다. 성공은 자신의 능력과 힘으로는 통제할 수 없는 외부의 운이 더 크게 작용하기 때문이다. 그렇다고 무작정 자신은 아무 노력도 하지 않은 채 운에만 맡기라는 말은 아니다.

사람은 누구나 꿈이 있어야 한다. 하지만 그보다 더 중요한 것은 그 꿈을 통해서 자신이 행복을 느낄 수 있는가이다. 어떨 때 기분이 좋고 편안한지, 어떤 일을 해야 아무리 오래 해도 싫증이 나지 않고 질리지 않는지 생각해보라. 모제스 할머니는 설령 유명해지지 않았더라도 분명 행복하게 살았을 것이다.

70대라는 매우 늦은 나이에 그림을 그리기 시작했지만 101세에 세상을 떠나기까지 그녀는 무려 1,600점이라는 엄청난 양의 그림을 남겼다. 진정으로 좋아하고 즐기는 일은 나이를 먹어도 지속할 수 있는 힘이 있다.

49세 세관원과 58세 주부의 일탈

앙리 루소와 박공효

매일 똑같이 굴러가는 하루

지루해 난 하품이나 해

뭐 화끈한 일 뭐 신나는 일 없을까

할 일이 쌓였을 때 훌쩍 여행을

아파트 옥상에서 번지 점프를

신도림역 안에서 스트립쇼를

(중략)

모두 원해 어딘가 도망칠 곳을 모두 원해

무언가 색다른 것을 모두 원해 모두 원해

나도 원해 히~

자우림의 '일탈'이라는 곡이다. 사람은 누구나 반복되는 일상에서 한두 번쯤 일탈을 꿈꾸며 산다. 이번에 소개할 두 사람은 평생 세관원과 주부로서 평범한 삶을 살다 '일탈'에 성공한 앙리 루소와 박공효씨다. 두 사람은 동양과 서양, 시대와 나이, 성별까지 모두 다르지만 자신의 삶을 박차고 나가 '그림'으로 새로운 삶을 이루어냈다는 점에서는 판박이처럼 닮았다.

프랑스의 사실주의 화가로 이름이 높은 앙리 루소(Henri Rousseau, 1844~1910)는 본래 가난한 함석공의 아들로 태어나 자그마치 22년간 세관원으로 근무한 '공무원'이었다. 그러다 독학으로 그림을 배워서 40세 때는 루브르 미술관을 다니며 대가들의 그림을 모사하였다. 1885년, 그의 나이 42세 때 첫 개인전을 열었고 이듬해 두 번째 개인전을 열었지만 언론으로부터 '어린애 같은'(childlike), '소박한'(naive), '원시적인'(primitive) 등의 수식어와 함께 졸작이라는 혹평을 받았다. 그러나 루소는 주위의 시선에 아랑곳하지 않고 자신이 좋아하는 그림을 계속 그렸다. 결국 49세 때 세관원 일을 그만두고 정식으로 화가의 길을 걷기 시작했다. 사람들은 그를 앙

꿈, 1910

리 루소라고 부르지 않고 세관원이라는 뜻의 '르 두아니에'(Le Douanier)라고 부르며 조롱했다.

정식으로 미술교육을 받은 것도 아니고, 40세라는 늦은 나이에 화가의 길에 막 들어선 전직 세관원을 아무도 관심 있게 보지 않았던 것은 어찌 보면 당연한 일이다. 그럼에도 불구하고 루소는 스스로 자신이 훌륭한 화가라고 철석같이 믿었다. 심지어 그 스스로 '프랑스 최고의 사실주의 화가 가운데 하나'라고 자신을 평가했다.

루소는 굳은 신념과는 달리 안타깝게도 1910년 세상을 떠나기까지 살아생전에는 이렇다 할 관심과 좋은 평을 듣지 못했고, 그의 작품이 제대로 빛을 발휘한 것은 그가 죽은 후였다. 그나마 희망적이었던 것은 1905년 루소의 나이 60세가 넘었을 때 비로소 피카소가 그의 그림을 주목하기 시작했다는 것이었다. 어쩌면 베토벤이 귀가 먹었음을 알게 되었을 때 '천국에서는 소리를 들을 수 있겠지' 하고 말했던 것처럼 루소 또한 하늘나라에서 자신의 유작들이 유명해지는 것을 보았을지도 모르겠다.

잠자는 집시, 1897

비록 앙리 루소는 생전에 대중으로부터 인정을 받지 못했지만, 진가는 언젠가 반드시 드러난다는 진실을 보여주었다. 남들의 야유와 조롱에도 굴하지 않고 끝까지 그림을 그릴 수 있었던 힘은 자기 자신을 믿고 진정으로 하고 싶은 일을 했기 때문이다. 그 자체만으로도 스스로 만족스럽고 행복한 삶을 살았던 것이다.

경제적 부와 사회적 명성을 이루었다고 인간의 헛헛한 내면을 온전히 채우는 것은 아니다. 앙리 루소가 그랬던 것처럼 그 안에는 자신을 믿는 신념이 채워져야 한다.

이번엔 루소의 닮은꼴 박공효씨의 이야기다.

- 대전 보문미술대전 특선 3회, 대상 1회
- 대전 시전 입선 3회
- 무등 미술대전 입선 3회 특선 1회
- 부산 아시아 특선 1회
- 서울 대한민국 수채화 동림상 특선 1회 입선 1회
- 서울 코파 특선 1회

이 정도 화려한 수상이력을 소유한 사람이라면 일찍부터 그림을 전공한 '모태 화가'가 아닐까 생각하겠지만, 그 주인공은 평생 살림을 하면서 자식

뒷바라지를 하느라 한때 우울증을 겪기도 했던 62세의 평범한 주부 박공효씨다.

미술대학은커녕 초등학교 졸업이 학력의 전부인 그녀가 처음 그림을 그리기 시작한 것은 58세. 그마저도 미술 전문 학원이 아니라 대전의 작은 문화원에서였다.

본래 그녀는 집에서든 바깥에서든 자신의 목소리를 내지 않는 전형적인 한국 여성이었다. 평생 자식 뒷바라지와 집안일을 도맡아 하느라 자신이 원하는 일을 한 번도 해보지 못했다. 그러다 힘든 일을 할 수 없는 나이가 되어 지난날을 돌아보니 그곳에는 정작 '자신의 삶'이 없었다. 머릿속에는 따로 저축해둔 게 없으니 퍼낼 것이 없었고, 경제적인 여유가 있는 것도 아니어서 무엇을 새로 배우는 것도 녹록치 않았다. 우울증이 찾아왔다.

하지만 그대로 있다가는 자식들에게 짐밖에 안 될 것 같다는 생각이 불쑥 든 그녀는 용기를 내어 가까운 문화원을 찾았다. 그리고 어릴 적부터 마음에 담아두었던 그림을 배우기 시작했다. 다행히 저렴한 수강료가 마음의 부담을 덜어주었다.

그때부터 그녀의 인생은 달라지기 시작했다. 우울증은 온데간데없이 사라지고, 일주일에 한 번 있는 강좌가 기다려지면서 하루에도 몇 번씩 습작을 하는 것이 그렇게 즐거울 수가 없었다.

도심에서의 번거로운 삶을 피해 남편을 설득해서 함께 귀농까지 한 그녀는 새벽같이 일어나 그날 몫의 밭일을 부지런히 끝내고 무려 1시간 반이나 걸리는 문화원을 찾았다. 문화원에서 보내는 시간은 농촌의 평범한 가정주부가 아닌, 내 안에 숨겨져 있던 또 하나의 나를 만나고 꿈틀거리는 창작욕이 솟구치고 발산되는 신비로운 시간이었다.

시골로 이사를 하고 자연을 벗 삼다 보니 자연스럽게 화폭에 담기는 소재도 산이나 꽃, 나무와 같은 자연이 되었고, 대자연의 오묘한 진리를 하나씩 깨우쳐가는 재미까지 더해졌다. 편의시설과 문화시설이 없는 대신 길가에 아무렇게나 핀 꽃과 나무들이 친구가 되어주었다.

그녀에게는 이제 칠순 때 개인전을 여는 꿈도 생겼다. 처음부터 이런 꿈을 가졌던 것은 아니다. 그림을 그리다 보니 자신의 소질과 적성을 발견하게 되었고 각종 공모전에서도 인정을 받게 되다 보니 점점 자신감이 붙어 자연스럽게 가지게 된 꿈이다.

처음엔 그리 대수롭게 생각지 않았던 남편도 활력이 생겨 생기가 넘치는 아내를 볼 때면 흐뭇한 마음을 감출 수 없다고 한다.

자연의 바람, 제16회 보문미술대전 대상 수상작, 2014년

그녀는 인생은 아름다운 '소풍'이라고 말한다. 천상병 시인

이 '귀천'(歸天)에서 읊었던 것처럼…. 그리고 그 아름다운 소풍길에, 진정으로 하고 싶은 일을 한 번은 해봐야 하지 않겠느냐고 반문한다.

자신이 좋아하는 일을 하면 대부분 재능도 따르게 마련이다. 잘하지 못하는 일을 좋아하는 사람은 별로 없다. 완전하지는 않더라도 스스로 노력해서 어느 정도 만족할 만한 경지에 다다르면 그 일을 지속할 수 있는 힘이 생긴다. 어떤 일이든 처음부터 잘하는 사람은 없다. 처음부터 잘하는 것보다 하면 할수록 실력이 조금씩 느는 것이 오히려 묘미가 있다. 인간이란 동물은 본능적으로 성취욕구가 있기 때문이다.

자신이 관심 없고 흥미를 느끼지 않는 일은 도전을 했을 때 실패하게 되면 쉽게 포기를 한다. 반면 자신이 관심 있고 흥미를 느끼는 일은 설령 그것이 실패한다 할지라도 계속 도전하게끔 만드는 마력이 있다. 자신이 좋아하는 일을 해야 성공할 가능성이 커지는 것은 바로 이 메커니즘을 따른다.

누구에게나 인생은 어차피 한 번뿐이다. "단 한 번뿐인 인생, 자신이 하고 싶었던 일을 한 번쯤은 해봐야 하지 않겠느냐"는 그녀의 말이 그윽한 소나무 향처럼 여운으로 남는다.

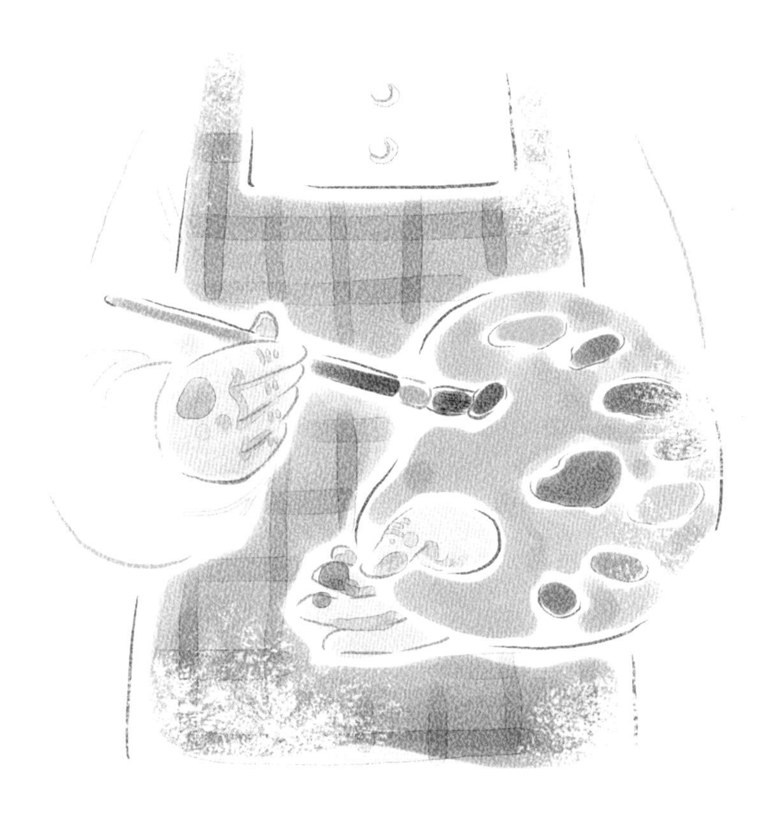

60대 남성 기타 트리오 강남 소망교회 둘로스

이신영, 이동진, 원정연

이탈리아의 세계적인 테너 루치아노 파바로티(Luciano Pavarotti, 1935~2007)가 세상을 떠난 뒤 지금은 그 명성만이 전해지고 있지만, 한때 전 세계인의 주목을 한몸에 받았던 스리 테너(카레라스, 도밍고, 파바로티)가 있었다. 그리고 한국에는 이에 버금가는 남성 트리오 '둘로스'가 있다.

둘로스는 헬라어로 '하나님의 종'이라는 의미다. 서울 강남의 소망교회에서 오랫동안 활동해온 둘로스의 특이한 점은 모두 백발 노장들로 구성되었다는 점이다. 리더 이신영 장로(65세, 어쿠스틱 기타)를 필두로 이동진 집사(67세, 베이스 기타), 원정연 집사(63세, 통기타)가 멤버다. 막내가 63세니, 50대는 아예 명함도 못 내민다. 만약 40대나 50대가 끼었다면 오히려 이상하게 보일 만큼, 철저하게(?) 60대만으로 구성된 순수 실버 그룹이다.

소망교회 남성 기타 트리오 '둘로스'

악기 천국 서울낙원상가에서 기타 매장을 운영했던 이 집사, 의사인 원 집사, 사업을 하다 은퇴한 이 장로 등 저마다 하는 일은 다르다. 이 가운데 가장 나이가 많은 이 집사는 12년 전 그의 나이 55세 때 처음 기타를 잡았다.

평균 나이 65세. 손자·손녀나 봐주며 여가를 즐길 나이의 이들이 그룹을 결성하게 된 계기는 대학교 때 통기타를 쳤던 이 장로가 지난 2003년, '찬양은 믿음의 꽃'이라는 생각으로 트리오 결성을 주도하면서부터다.

둘로스는 지난 11년 동안 월 1회 이상 전국의 교회 등지를 돌면서 순회 공연을 했을 정도로 나름 바쁜 유명인사들이다. 공연 횟수만 200회가 넘을 정도. 서울 중랑구의 서울의료원 내에 있는 교회에서는 매달 환자들을 위한 위로공연도 하고 있다. 2010년에는 총 132개 팀이 출전한 제21회 CBS

창작복음성가제에서 '여호와는 나의 빛'이라는 창작곡으로 본선 진출과 함께 특별상을 수상했을 정도로 음악적 실력도 인정받고 있다. 점차 이름이 알려지면서 결혼식 축가를 불러달라는 요청도 꽤나 받는다. 그럴 때면 이 장로는 "이참에 아예 축가 전문으로 나서서 두둑이 사례비를 받아야 하는 거 아냐?" 하면서 너스레를 떨기도 한다.

아무리 의미 깊고 좋은 일이라도 누군가 열렬히 후원해주지 않는다면 외로운 법. 다행히 둘로스는 든든한 '후원 세력'이 있다. 그 세력은 피아노를 전공한 원 집사의 아내와 이 장로의 아내. 평소 공연 모니터링을 하면서 아낌없는 조언을 하기도 한다. 이 집사의 아내 역시 남편의 매니저를 맡을 정도로 열심이다.

누구나 어린 시절 한 번쯤 악기 연주에 관심을 가져본 적이 있을 것이다. 여기서 잠깐, 악기를 연주하면 어떤 점이 좋을까?

미국 캔자스대학 연구팀이 60~83세의 건강한 노인을 대상으로 연구한 결과에 따르면, 악기를 연주할 줄 아는 이들은 악기를 배워본 적이 전혀 없거나 악보를 볼 줄 모르는 이들보다 인지능력에서 더 높은 기량을 나타냈다. 인지능력이 뛰어나다는 것은 그만큼 뇌가 젊고 건강하다는 뜻이다. 이 실험결과를 둘로스에게 적용시켜 보면, 둘로스는 공연을 하는 그 자체만으로 뇌가 퇴화되는 것을 막고 그들의 삶을 더욱 젊게 유지하고 있는 셈이다.

합창을 하면 엔도르핀보다 훨씬 강력한 다이돌핀이라는 감동 호르몬이 나온다. 감동을 많이 받는 사람은 평소 면역력이 높아져 건강할 수밖에 없다. 그래서일까? 둘로스 멤버들의 표정은 한결같이 온유하고 평화롭다.

예술 분야에서 가장 대중적인 것은 노래다. 영혼을 울리는 선율도 좋지만, 정신을 일깨우는 가사의 힘까지 겸비한다. 좋아하는 일을 하면서 그것이 온 세상을 사랑의 축복으로 가득 메우는 뜻 깊은 의미까지 더해진다면 그 이상 보람있는 일도 없을 것이다.

인생을 멋있게 산다는 게 이런 것이 아닐까? 머리만 백발이었지 영혼과 정신은 아기처럼 맑고 순수한 둘로스의 음악은 계속될 것이다.

4장

은빛 날개

노목에 핀
꽃향기가
천리를 간다

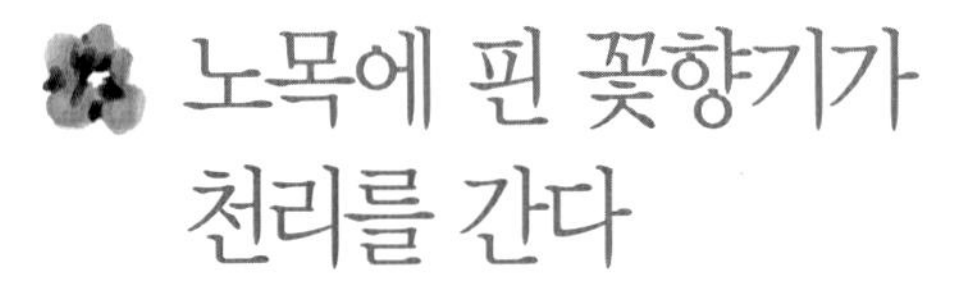

노목에 핀 꽃향기가 천리를 간다

영화 『반지의 제왕』에서 이안 맥켈렌(Ian Murray McKellen)이 열연했던 '간달프'는 불을 주로 쓰는 지혜로운 마법사다. 그는 제1편 『반지원정대』에서 발로그와 결투를 벌이다 심연으로 떨어졌지만 백발의 간달프로 다시 부활한다.

백발의 마법사 간달프와 '은도끼금도끼' 이야기 속의 백발 산신령은 모두 지혜와 통찰력의 상징이다. 백발은 은발로도 통한다.

머리가 하얗게 세는 것은 단풍이 드는 원리와 같다. 가을이 되면 푸른 은행잎들이 갓 태어난 병아리처럼 노랗게 물이 들고, 새악시 볼의 연지처럼 빨갛게 물이 든다. 언뜻 단풍이 드는 것이 노랗고 빨간 색소가 새로 생기는 것으로 생각할 수 있으나, 사실은 일조량이 줄어들고 기온이 떨어지면서 녹색을 띤 색소들이 더 이상 예전만큼 생성이 안 되어 이미 가지고 있던 노랗고 빨간 색소가 더 도드라지게 보이기 때문이다. 머리가 세는 것도 같은 원리다. 하얀 색소가 새로 생성되는 것이 아니라 기존에 있던 멜라닌 색소가 빠지는 것이다.

어쩌면 단풍이 들면서 초록색이 빠지는 것과 머리가 세면서 검은색이 빠지는 것은, 나이가 들수록 그동안 무겁게 짊어졌던 짐을 이제 내려놓으라는 자연의 가르침이 아닐까?

젊은 날의 사랑이 다소 어리석고 무모하거나 불처럼 타오르는 정열적인 사랑이라면, 노년의 사랑은 깊은 이해와 깨달음, 미운 정 고운 정 다 든 오랜 친구 같은 사랑이다. 그 사랑은 은빛 날개를 반짝이며 그동안 함께 살아온 인생을 은은하고 포근하게 비춰줄 것이다.

 먹고 기도하고 사랑하라!

76년째 연애 중 vs 황혼의 사랑

'사랑'이라는 단어를 구글 사이트에서 검색하면 0.2초 만에 7,670만 개의 결과가 조회되고 'Love'는 0.3초 만에 36억 개가 검색된다. 그만큼 사랑은 인류의 영원한 주제이다. 이처럼 흔하면서도 영원한 주제인 '사랑'은 젊은이들만의 전유물일까?

76년째 연애를 하고 있는 할아버지 할머니 커플이 있다. 뿌리가 다른 두 나무의 가지가 서로 맞닿아 하나인 듯 자라는 연리지(連理枝)처럼 금슬 좋기로 소문난 잉꼬 노부부다.

98세의 할아버지가 노란 국화꽃을 몇 송이 뽑아서 '꽃이에요' 하고 내밀면, 89세 할머니는 '이쁘네요' 하며 눈꺼풀이 내려앉아 작아진 까만 눈을 초롱초롱 빛내며 감동에 겨운 채 할아버지를 지그시 바라본다. 할아버지는 할머니의 두 귀에 살포시 꽃을 꽂아준다. 그리고 할아버지와 할머니는 마치 개구쟁이처럼 마당 앞에 잔뜩 쌓인 눈을 양손으로 퍼 던지며 장난을 친다.

2014년 11월에 개봉된 다큐멘터리 영화 『님아 그 강을 건너지 마오』의 한 장면이다.

"그 전에요, 그랬잖우, 나를. '하늘의 별이라도 따다 달라하면 내가 따다 줄 거라고' 그랬는데, 인자 하믄 그게 언제요? 그런데 왜 안 따다 줘요?"

그러자 난감해진 할아버지가 말한다.

"아직 때가 안 돼서……. 때가 되어야 따다 주죠."

그 말에 다시 할머니는 답한다.

"난 그래서 (언제) 따다 주나 하고 기다렸죠."

"이제 조금 더 있으면 따다 주지."

"그러면 딱 하나만 따다 줘요. 두 개도 싫고 한 개만."

"두 개 따서 할머니 하나 주고, 나 하나 갖고……."

"그럼, 하난 당신 갖고 하나는 내가 갖고?"

"그럼요."

"아이고, 기술도 좋으시네."

"아, 그런 재주도 없이 어떻게 살아? 그런 재주를 보면 영감 하난 잘 얻었지."

그리곤 할아버지는 환하게 웃으며 할머니를 바라본다.

"아, 따가서 오기만 하면 잘 얻었죠."

"아이 그럼, 따가지고 올게요."

"따다 오기만 하면 내가 최고라고 할게요. 최고라고."

그래서였을까? 할아버지는 아끼던 작은 개 '꼬마'가 죽고 난 뒤 점차 기력을 잃더니 안타깝게 생을 마감하고 말았다. 그리고 생전에 인자하게 웃던 그 눈빛처럼이나 맑고 고운 저 하늘의 은은하게 반짝이는 별이 되었다.

- KBS 2TV 『인간극장』(2011년) 중에서

인생의 황혼기일수록 하나보다는 둘일 때가 좋다. 어디를 가든 바싹 마른 두 손을 맞잡고 동행을 했던 할아버지와 할머니는 서로가 서로를 의지한 채 잔잔한 사랑을 나누었다. 76년 동안 할머니 곁을 떠나지 않았던 할아버지는 밤하늘의 별을 두 개 따다가 하나는 할머니를 주고 하나는 본인이 갖겠다고 말했다. 할아버지는 그 약속을 지키려는 듯 먼저 세상을 떠났지만, 여전히 밤하늘의 별이 되어 할머니의 곁을 포근하게 지켜주고 있을 것이다.

이와는 좀 색다른 톤이지만, 서양 영화인 『베스트 엑조틱 메리골드 호텔』(The Best Exotic Marigold Hotel, 2012)도 '황혼의 사랑'이라는 주제를 잔잔하게 표현했다. 각자 다른 환경에서 살던 7명의 영국 노인이 비슷한 목적

으로 인도에 여행을 와서 삶의 의미를 재발견한다는 내용이다.

바쁘고 각박한 삶을 살아온 이들 노인에게 남겨진 것은 자식들과 젊은 사람들의 동정 어린 눈길, 그리고 자신들을 '보호와 관찰이 필요한 늙은이'라고 여기는 싸늘한 시선이었다. 그래서 이들이 선택한 것은 인도의 어느 유명한 호텔로의 여행. 비교적 저렴한 비용으로 고품격의 럭셔리한 삶을 누릴 수 있다는 광고만 믿고 인도에 왔건만, 현실은 광고와 전혀 딴판으로 흘러간다. 호텔은 건축된 지 너무 오래돼서 리모델링이 필요할 지경이었고, 방엔 문짝도 제대로 달려있지 않았다. 게다가 줄지어 늘어선 바퀴벌레에게는 이름을 하나씩 지어주어야 할 판이 아닌가.

매일 듣도 보도 못했던 음식을 먹어야 했고, 날씨는 푹푹 쪘으며, 길거리는 수많은 인력거와 자전거, 오토바이, 행인들로 어수선했다. 하지만 시간이 흐르면서 이런 환경은 오히려 노인들에게 지난 옛날을 뒤돌아보게 했고, 노년의 가슴에 사랑의 싹을 키워냈다. 그리고 이들은 각자 마음이 가는 대로, 자신의 감정에 따른 삶을 선택하게 된다.

"진짜 실패는 아무것도 시도하지 않는 것이다."
"성공은 어떻게 실망을 극복하는가로 판가름된다."
-『베스트 엑조틱 메리골드 호텔』 중에서

이 영화는 황혼의 나이에도 얼마든지 가슴 뛰는 사랑을 느낄 수 있고,

자신이 주체적으로 선택한 삶을 살 수 있다는 메시지를 담고 있다. 가장 흥미로웠던 것은 나이가 들어도 여전히 사랑의 감정을 가질 수 있다는 것이었다. 육체와 달리 우리의 뇌는 아무리 나이를 먹어도 여전히 사랑의 감정을 느낄 수 있다.

어느 TV 프로그램에서 한 시골 노부부가 낱말 맞추기 스피드 퀴즈 대결을 벌였다. 출제된 '천생연분'. 할아버지가 할머니에게 땀을 뻘뻘 흘리며 천생연분을 설명하기 시작했다.

"우리 같은 사이를 뭐라고 하지?"

그러자 할머니는 대뜸 "웬수!"라고 답했다.

답답해진 할아버지는 다시 "네 글자!"라고 힌트를 주었다.

그러자 할머니는 당당하게 "정답!"을 외치며 말했다.

"평생 웬수!"

할아버지는 뒷목을 잡고 쓰러지고, 방청객들과 사회자는 배꼽을 잡고 쓰러졌다.

부부가 오래 살다 보면 미운 정 고운 정이 다 들게 마련이다. 아이러니하게도 그 점 때문에 부부관계가 더 오래 간다. 서로 좋은 감정만을 가지고 살아가는 것보다 때로는 나쁜 감정을 품고 그래야 사랑의 줄이 더 단단해진다. 때로는 상상하지도 못했던 모습을 보면서 그동안의 믿음이 한순간에 허물어질 수도 있다. 하지만 상대의 입장에서 이해하고 한 발 물러나는 치유의 과정을 통해서 두 사람의 관계는 더 탄탄한 결속력을 가진 사랑으로 성숙해간다. 온실 속에서 자란 꽃보다 비바람 맞으면서 자란 꽃이 더 건강하고 생기있게 자라는 원리와 같다.

인생의 황혼기는 묵은 가지에서 새롭게 피어나는 꽃일 수 있어야 한다고 법정스님은 말했다. 노년의 사랑은 고목의 그윽한 꽃향기와 같다. 고목의 나뭇가지에 핀 꽃이라 해서, 꽃마저 신선하지 않은 것은 아니다. 고목에서도 매년 새로운 꽃이 피고, 그 꽃에서는 여전히 그윽하고 깊은 향기가 난다.

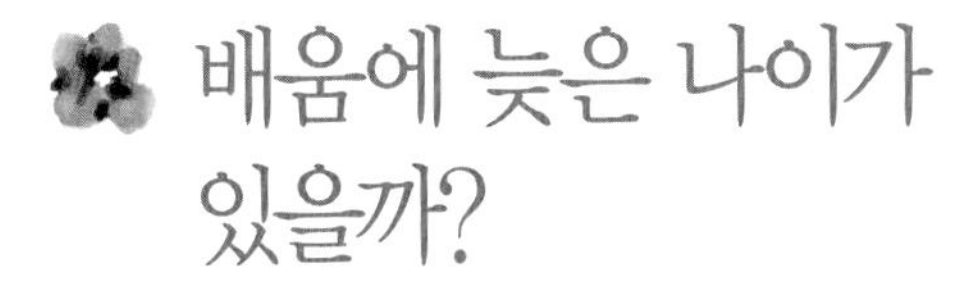

배움에 늦은 나이가 있을까?

81세의 최고령 수능 응시생

'1381'

지난 2014년도 수능 응시생 최저 나이(13세)와 최고령 나이(81세)다.

배움에 늦은 나이란 게 있을까?

우리나라에는 아직 한글을 깨우치지 못한 어르신이 무려 60만 명이나 된다. 그중 80퍼센트가 60대다. 경남 거창의 한 학교에 뒤늦게 한글을 배우러 입학한 할머니의 평균 나이는 80세다. 그들의 마지막 소원은 죽기 전에 한글을 깨우치는 것이다.

일제 강점기와 6.25라는 격동의 시기를 보낸 이들은 제대로 한글을 배울 수 없었던 시대의 아픔을 안고 있다. 듣고 말하는 것은 할 수 있지만, 글자를 모르니 할 수 없는 일이 너무나 많다. 이런 분들이 뒤늦게 한글을 배우기 위해 학교의 문을 두드리고 있다. 비록 집에 돌아가면 학교에서 배웠던 것을 새까맣게 까먹고 다시 또 배우는 과정을 반복하지만, 오늘도 한글 공부에 땀을 쏟고 있다.

서울의 어느 한 초등학교 졸업생 가운데 최고령자는 90세이다. 배움에는 부끄러움이 없다 하였다. 모르는 것을 아는 체하면 당장은 창피함을 피할 수 있겠지만, 제대로 알지 못한 채 한평생을 보내게 된다. 하지만 모르는 것을 솔직히 인정하고 배우면, 남은 인생을 깨우침의 즐거움 속에서 보낼 수 있다.

"신에게는 아직 12척의 배가 남아있습니다."

칠천량 해전에서 원균이 이끄는 조선수군이 일본수군에 대패를 한 뒤 선조가 이제 해전은 포기하고 육군에 합류하라고 하자 이순신이 한 말이다.

중요한 것은 잃어버린 것이 아니다. 없는 것을 채우려 하기보다는 아직 나에게 남아있는 그 무엇에 집중하는 것이 낫다.

직장에 출근하기 위해 이른 아침에 먹는 밥은 맛을 잘 못 느끼지만, 배고플 때 먹는 밥은 맛이 있다. 공부도 마찬가지다. 그 필요성을 절실히 느낄 때 효과도 더 큰 법이다. 직장인들 중에는 스스로 필요성을 느껴 야간대학이나 주말반을 활용해서 배움의 갈증을 채워가는 '늦깎이 학생들'이 많다. 이들의 눈빛은 젊은 학생들 이상으로 초롱초롱 빛난다. 누구의 강요에 의해서가 아니라 자발적으로 배우기 때문이다.

어느 날 진나라 평왕이 거울에 비친 자신의 늙은 외모를 보고는 세월의 덧없음을 새삼 깨닫고 한없는 허무감에 빠졌다. 그때 어디선가 피리 소리가 들려 주위를 살펴보니 나무 아래에서 눈먼 악사(樂師) 사광이 피리를 불고 있었다. 평왕은 넋두리도 할 겸 평소 아끼던 그에게 다가가 한탄하듯 말했다.

"내 나이 70이 넘어 이제는 그 무엇을 해도 늦은 듯하도다."

그러자 사광이 말했다.

"전하, 날이 저물면 촛불을 켜면 되지 않습니까?"

순간 평왕은 사광이 감히 자신을 나무라는 것 같아 정색을 하며 말했다.

"네가 감히 나를 가르치려는 것이냐?"

그러자 사광이 차분하게 말을 이었다.

"그것이 아니옵니다. 제 생각에는, 젊어서 배움을 좋아하는 것은 막 아침 해가 떠오를 때와 같고, 중년에 배움을 좋아하는 것은 대낮의 중천에 뜬 태양과 같으며, 노년이 돼서도 배움을 좋아하는 것은 어두운 저녁에 촛불을 밝히는 것과 같습니다. 그러니 어찌 어둠 속에서 촛불을 밝히는 것이 어두컴컴한 길을 가는 것과 같다고 할 수 있겠습니까?"

평왕은 사광의 말을 듣고 자신의 짧았던 생각을 부끄러워했다.

그렇다. 수천 년 전에도 그리고 미래에도 변하지 않는 것이 있다면 그것은 배움에는 늦은 때란 없고 오직 하고자 하는 의지가 있을 뿐이란 사실이다.

50대의 나이에 공무원 시험 도전

열혈 장년 김연주씨

편의점, 하면 젊은이들만의 전유물이라고 생각하기 쉽지만 최근 편의점에서 50대가 차지하는 매출 비중은 매년 대폭 증가하고 있다. 세븐 일레븐의 자료(2011~2014.3)에 따르면 50대의 매출 비중은 2011년 13.9퍼센트에서 2014년 20.7퍼센트까지 급속하게 증가했다. 그만큼 일하는 50대가 많다는 반증이다. 삼각김밥이나 도시락, 커피, 탄산음료 등은 20~30대 젊은 층보다 더 높은 구매력을 나타내며 50대가 소비의 주력으로 자리매김하고 있다.

- 평균 경쟁률 80:1
- 평균 연령 29세
- 최소 시험기간 1~3년

오늘날 '공무원 시험'의 실상을 보여주는 몇 가지 수치다. 노량진 고시학원촌에는 강의가 시작되기 2시간 전부터 좋은 자리를 차지하기 위한 경쟁이 벌어진다. 놀라운 건 강의실 맨 앞쪽 자리는 늘 머리가 희끗희끗한 사람들의 차지라는 거다.

여기에 젊은 청년들도 뚫기 힘들다는 공무원 시험에 50대의 나이로 당당히 합격해서 인생 후반기를 새롭게 열어가는 사람이 있다. 지난 23년 동안 언론사에 재직하다 고향인 대전으로 내려가서 9급 공무원으로 다시 출발한 김연주씨(가명)다. 그해 최고령으로 공무원 시험에 합격한 김연주씨의 당시 나이는 53세.

그가 공무원 시험에 도전하게 된 계기는 군 입대를 바로 앞둔 아들과 함께 뭔가 의미 있는 일을 하고 싶었기 때문이다. 아들은 열심히 군 복무를 하고, 자신은 공무원 시험을 보기로 약속했다.

1회의 낙방 끝에 당당히 합격의 기쁨을 누렸다. 게다가 공보실에서 언론사 경력을 감안해주어 예전과 비슷한 일을 할 수 있게 되었으니 자신이 가장 잘할 수 있는 일을 계속하게 되는 혜택도 얻게 되었다. 그와 동기인 민지영씨(여, 24세, 가명)는 김연주씨가 첫 직장에 입사하던 해에 태어났다고 하니 나이 차이로만 보면 부녀지간이나 마찬가지다.

공무원 시험이 중·장년층에게도 인기를 끌기 시작한 계기는 2009년에 정부가 공무원 응시연령 제한(28~32세)을 없앤 것이다. 덕분에 40~50대 지원자 수는 2009년 당시에 비해 세 배 정도로 대폭 증가했다.

출퇴근 시간의 지하철만 콩나물 시루가 아니다. 보이지 않는 이 시간에도 학원가는 수많은 사람들이 눈에 불을 켜고 자신의 꿈을 향해 나아가고 있다. 공무원 시험을 준비하는 사람들은 적어도 하루 10시간 정도를 투자한다.

이처럼 젊은이들에게도 힘든 고된 훈련 같은 것이 수험 준비인데, 체력이 점점 떨어져가는 40~50대 중장년층은 오죽할까? 젊은 사람들이야 그렇다 치고 왜 40~50대 중장년층이 60세가 정년인 공무원시험에 이처럼 뛰어드는 것일까? 50대 초반이라 해도 최대 10년 정도밖에 다니지 못할 텐데 말이다.

거기에는 다섯 가지 이유가 있다.

첫째, 명예퇴직이 일상화되면서 한창 일할 나이인 40~50대 중장년들은 재취업이 쉽지 않다. 결국 이들이 몰릴 곳은 연령제한이 없는 공무원 시험일 수밖에 없는 사회 구조인 셈이다.

둘째, 일반 사기업보다 스트레스가 덜하다.

사기업에선 경쟁이 기본이다. 심지어 직장 내부에서도 동료, 선배, 후배와 인사고과를 놓고 경쟁을 해야 한다. 회사의 꽃이라고 하는 영업직의 경우에는 판매실적을 늘 비교 당한다. 필자의 경우 마케팅 영업직에 수년간 근무를 했는데, 시간 단위로 실적이 공지되고 항상 남과 비교되며 경쟁을

하는 것은 결코 쉬운 일이 아니었다. 반면 공무원은 사적인 이익이 아니라 공익을 목적으로 하므로 양보다 질에 초점을 맞출 수 있다. 공무원으로 신분이 바뀐 사람의 말을 들어보면 그런 점에서 일반 직장보다 만족도가 더 높음을 알 수 있다.

셋째, 시간의 여유가 생긴다.

일반 직장은 대개 야근이 기본이요, 1시간쯤 일찍 출근하는 것이 바른 생활 직장인(?)의 기본 덕목이다. 직급이 올라가면 토요일은 아예 반납해야 하고 때로는 일요일에도 출근을 해야 한다. 그러다 보니 늘 시간에 쫓긴다. 하지만 공무원은 대개 정해진 시간 내에 근무를 마치므로 자기만의 시간을 가질 수 있다.

넷째, 자부심이다.

공무원이 되면 배지가 나온다. 마치 일반인이 군에 입대하면 신분이 바뀌듯이 공무원도 국가기관의 요원이다. 하급직 공무원은 급여가 낮지만, 이것을 대체하는 것이 정신적인 긍지이다. 공무원의 세계에 입성하려면 높은 경쟁률을 뚫고 어려운 시험에 합격해야만 하기 때문에 공무원들의 자부심은 일반 사기업보다 크면 컸지 결코 작지 않다.

다섯째, 복지 혜택이다. 2009년에 신설된 공적 연금제도라는 것이 있는데, 이 제도는 국민연금과 공무원연금 가입기간을 채우지 못할 경우에도 두 연금의 가입기간을 합쳐서 20년 이상이 되면 60세부터 연금 혜택을 주도록 되어 있다. 설사 50대에 공무원 생활을 시작해도 누구나 가입하는 국민연금 덕분에 이 제도의 혜택을 받지 못하는 사람은 거의 없다.

이처럼 좋은 이유들이 많은데, 50대가 공무원이 되기에는 너무 늦은 나이라고 말할 수 있을까? 소비의 주체이자 체력과 정신 소모가 큰 공무원시험도 왕성히 해내는 50대는 바야흐로 인생의 정체기가 아닌 성장기이다.

 52세에 복서의 꿈을 이루다

살아있는 스포츠 정신,
듀이 보젤라

스포츠, 그것도 권투처럼 민첩성과 근력, 지구력 그리고 투지까지 요구되는 종목은 젊은이만의 전유물일까?

세계 챔피언을 수차례 차지했던 핵주먹 마이크 타이슨은 그의 나이 41세 때 은퇴했다. 대부분의 스포츠가 그렇지만, 특히 남들과 경쟁해서 이겨야만 빛을 발하는 프로 스포츠의 세계에서는 '나이'를 무시할 수 없다. 나이가 들면 몸은 점점 노쇠해지게 마련인데, 젊은 사람들의 왕성한 체력을 당해내기 힘들기 때문이다. 그런데 지난 2011년, 52세라는 늦은 나이에 프로 복싱 데뷔전을 승리로 치른 불굴의 복서가 있다.

그의 이름은 '듀이 보젤라'(Dewey Bozella, 1960~). 그는 첫 경기 전에 미국 오바마 대통령의 격려 전화까지 받아 더욱 유명세를 탔다. 도대체 어떤 사연이 있었기에 미국 대통령까지 나서서 그를 챙겼을까?

1960년, 뉴욕의 빈민가에서 태어난 그는 복서가 되기 위해 성실하게 노력해온 건실한 청년이었다. 그러나 1977년, 18세가 되던 해에 그의 인생은 아무도 예상하지 못했던 곳으로 흘러가고 말았다.

그해, 엠마 크랩서라는 92세의 노인이 빙고 게임을 하고 귀가를 한 뒤 자신의 집에서 전깃줄에 묶인 채 구타를 당하고 목이 졸려 숨지는 사건이 발생했는데, 범인으로 듀이 보젤라가 지명이 되었다. 보젤라는 노인을 본 적도 없었을 뿐만 아니라, 설령 안다 해도 그에게 보복을 할 이유가 전혀 없었다.

너무도 억울했던 보젤라는 시종일관 무죄를 주장했다. 하지만 그의 말을 믿어주는 친절한 사람은 아무도 없었다. 그는 결국 2급 살인범으로 몰려 죄질이 나쁜 죄수들이 주로 가는 것으로 유명한 뉴욕 싱싱교도소에 투옥되었다. 그래도 그는 포기하지 않고 법원과 언론에 끊임없이 청원서를 보냈지만 되돌아오는 것은 허무한 메아리뿐, 그에게 관심을 기울이는 사람은 없었다.

훗날 밝혀진 사건의 전말은 참으로 허무한 것이었다. 당시 이와 비슷한 강력범죄가 끊이질 않았는데, 범인은 잡히지 않은 채 사건은 오리무중 속으로 묻히기 일쑤였다. 엠마 크랩서 살인사건도 그렇게 3년이 지나도록 해결되지 못한 채 시간이 흘러갔고, 수사기관은 언론으로부터 호된 질책을 받았다. 그렇게 궁지에 몰린 수사기관은 이렇다 할 뚜렷한 증거도 없이 목격자의 증언만 믿고 듀이 보젤라를 법정에 세웠던 것이다.

미국 사법계에는 플리바겐(Plea bargain) 즉 '사전형량조정제도'라는 것이 있다. 유죄를 스스로 인정하면 형량을 줄여주는 일종의 '협상' 제도다.

진짜 죄를 지은 사람들의 경우에는 자백을 하면 선처를 해주는 유용한 제도였지만 보젤라처럼 억울하게 투옥된 사람에게는 오히려 독으로 작용했다. 억울한 누명을 해명할 가능성이 없어 보여서 거짓 자백을 하게 되면 형량은 일정 부분 줄어들지만 오히려 그 순간 진짜 범죄자로 낙인이 찍혀 평생을 살아야 하기 때문이다.

검찰은 플리바겐을 앞세워 유죄를 인정하라고 회유했지만, 듀이 보젤라는 결백을 포기하지 않았다. 죄를 인정하는 순간 진짜 범죄자가 되기 때문이었다. 모든 게 불리하게 작용했던 당시 상황에서 플리바겐을 받아들이지 않는다면 길고 긴 고난의 감옥살이가 확실했다. 차라리 거짓 자백을 하면 형량을 줄일 수 있다는 달콤한 유혹이 그를 괴롭혔지만 그는 끝내 플리바겐을 받아들이지 않고 교도소 생활을 시작했다.

그의 결백을 유일하게 믿었던 사람은 옥중에서 결혼한 아내 트레나뿐이었다. 억울함은 이루 표현하기 힘들 만큼 컸지만 사랑하는 아내의 믿음이 있었기에 고난의 시간이 그나마 위로가 되었다. 보젤라는 모범수로서 성실하게 감옥 생활을 이어나갔다.

그의 가상한 노력이 뒤늦게나마 하늘에 전해졌던 것일까? 수감된 지 30년이 다 되어가는 2007년에 억울한 판결을 받은 사람들을 구제하기 위한 결백 프로젝트(The Innocence Project)가 만들어졌는데, 이 단체에서 듀이 보젤라가 보내온 청원서를 바탕으로 연방법원에 재심을 요구했다. 그리고 기적 같은 일이 벌어졌다. 프로젝트가 만들어진 지 2년여가 지난 2009년 10월, 해당 사건을 재심리한 연방법원이 증거 불충분을 이유로 듀이 보젤라의 무죄를 선고한 것이다.

남아프리카 공화국 최초의 흑인대통령이자 노벨평화상 수상자인 넬슨 만델라는 27년여 동안 교도소에 갇혀 지내면서도 희망을 저버리지 않고 교도소 마당 한구석에 꽃과 나무를 심으며 정원을 가꾸었다. 듀이 보젤라의 무죄 선고 역시 26년여 동안 일관되게 자신의 무죄를 주장해온 한 인간의 눈물겨운 승리였다.

황금과도 같은 젊은 시절을 교도소에서 썩어야 했던 듀이 보젤라의 심정은 어떠했을까?

루이 보젤라는 무죄 선고라는 한마디에 지난 수십 년 동안 거대한 권력에 맞서 힘겹게 투쟁해왔던 자신의 과거를 떠올리며 눈물을 흘리지 않을 수 없었다.

그는 수감생활을 하는 동안에도 어린 시절 꿈이었던 복싱을 꾸준히 연습했다. 그리고 2011년 그의 나이 52세. 남들은 이미 은퇴하였거나 후배를 양성할 나이에 신인으로 데뷔전을 치렀고, 승리로 장식했다.

그는 스포츠 전문채널 ESPN이 수여하는 2011년 '아서 애쉬 용기 상'의 주인공이 되었다.

사각의 링에 오르는 게 꿈이었던 듀이 보젤라에게는 '살인 누명'을 쓰고 감옥에서 보낸 26년의 억울한 옥살이도, 52세라는 뒤늦은 나이도 결코 장애가 되지 못했다. 그는 단 한 번도 자신의 꿈을 포기하지 않았고, 마침내 그것을 이뤄냈다.

그의 인생 스토리를 보면 문득 할렘가에서 태어나 미국 최고의 재즈 연주가로 성장한 듀크 엘링턴이 남긴 말이 떠오른다.

"인생에는 단 두 가지 규칙만이 존재한다. 첫째, 절대로 포기하지 말 것. 둘째, 첫 번째 규칙을 절대 잊지 말 것."

5장

꿈꾸는 나비

내일은 다시
내일의
태양이 뜬다

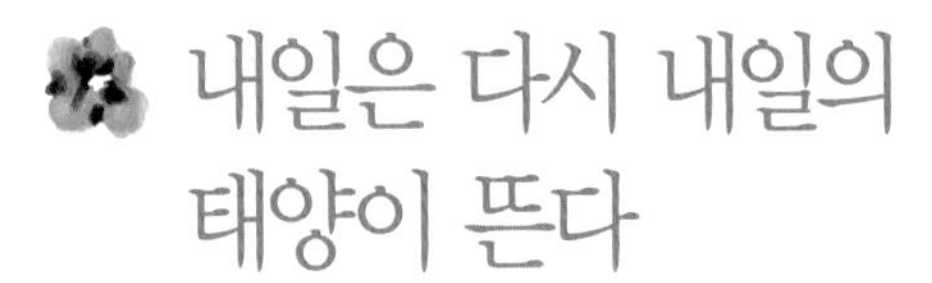

내일은 다시 내일의 태양이 뜬다

일몰이 아름다운 것은 단지 붉은 노을이 아스라이 물드는 환상적인 경관 때문만은 아니다. 긴 여운을 남긴 채 아쉽게 사라지는 붉은 태양이 내일 또 다시 새로운 모습으로 밝게 떠오를 것이라는 희망을 간직하고 있기 때문이다.

믿기 어렵겠지만 노을이 아름다운 이유는 대기 중에 먼지가 끼어 있기 때문이다.

수평선의 하늘 위로 붉은 노을빛이 그러데이션으로 퍼져나가는 아름다운 모습 뒤에는 불투명한 여운을 만들어주는 먼지가 있다. 특히 저녁에는 태양빛 가운데 파장이 가장 긴 붉은색이 두터운 대기 중에 있는 먼지를 통과하면서 산란이 된다. 먼지가 없으면 하늘과 태양과 바다가 뚜렷이 구분되어 보이고 노을이 퍼지는 현상이 나타나지 않는다.

먼지는 우리의 삶에 있어서 겉으로 드러내기 싫은 어두운 존재와 같다. 부끄러워 숨기고 싶은 인생의 한 단면일 수도 있고, 아픈 상처의 기억일 수도 있다. 무심코 저지른 크고 작은 실수일 수도 있고, 그리다 만 그림 한 장일 수도 있다. 하지만 자신이 꿈꾸던 것을 이뤄낸 성공이 아름다운 이유는, 바로 이러한 어두운 편린들이 함께 있기 때문이다.

우리는 좋은 일이 있을 때 샴페인을 터뜨린다. 샴페인에서 가장 중요한 건 하얀 거품이다. 그런데 이 거품 또한 먼지와 관련이 있다. 보통 샴페인 한 병에서는 2~3억 개의 공기방울이 발생한다. 액체 속에 불안정하게 녹아있는 이산화탄소가 병을 흔들 때 공기 중에 있는 미세한 먼지에 핵처럼 달라붙어 표면 위로 떠오르며 거품이 되는 것이다. 샴페인의 하얀 거품이 분수처럼 내뿜으며 분위기를 한껏 자아내는 것도 먼지가 한몫을 하고 있는 것이다.

소금도 마찬가지다. 소금이 우리 몸에 해롭다는 인식의 주범은 NaCl 즉 염화나트륨이다. 시중에 파는 순도 100퍼센트의 눈처럼 새하얀 정제소금은 말 그대로 염화나트륨 성분만으로 된 소금이다. 반면 천일염은 염화나트륨에다 마그네슘, 철, 구리, 아연, 망간 등 우리 몸에 필요한 천연 미네랄 성분들이 함께 들어가 있다. 그러니 천일염이 건강에 더 좋은 건 당연한 일이다. 물과 소금에서 보듯이 흔히 불순물이라고 불리는 성분이 오히려 맛과 영양을 더하는 것처럼 공기 중의 먼지라는 불순물이 한편의 그림 같은 멋진 노을을 연출하도록 해주는 것이다.

우리 앞에는 늘 내일이라는 태양이 기다리고 있다. 내일의 태양은 매일 보는 똑같은 태양이지만, 마음먹기에 따라 얼마든지 다른 태양이 될 수 있다. 나이가 많다고 자신이 꿈꿔온 일을 체념한다면 그의 태양은 빛이 있어도 어두운 태양이 될 것이고, 나이를 잊고 자신이 하고 싶었던 일을 용기 내어 하는 이에게는 그 태양이 밝고 따사로운 희망찬 태양이 될 것이다.

희망의 빛은 나이를 인식할 때 머무르지 않고 나이를 잊을 때 밝은 서광으로 비춘다.

48세에 쓴 데뷔작으로 세계적 베스트셀러 작가가 되다

요나스 요나손

『창문 넘어 도망친 100세 노인』.

2014년 서점가를 뜨겁게 달구었던 이 책은 작가의 고향인 스웨덴에서만 120만 부가 팔렸고, 전 세계적으로 1,000만 부 이상 팔리는 기염을 토했다. 지금 이 시간에도 꾸준히 팔리고 있으니, 앞으로 얼마나 더 팔릴지 모를 일이다.

이 책은 제목에서 알 수 있듯이 '100세 노인' 알란카손이 주인공이다. 누워서 잘 수 있는 침대 하나, 삼시 세끼, 적당한 일거리와 가끔 마실 수 있는 술 한 잔만 있으면 충분히 살아가는 알란카손이 100년 동안 전 세계를 누비며 세기의 위인들과 만나 갖가지 소동을 일으키는 다소 엉뚱하고 기상천외한 이야기다.

이제까지 노인이 주인공인 소설은 많지 않았다. 대표적인 노인 소설은

1952년에 발표된 헤밍웨이의 『노인과 바다』이다. 하지만 구체적인 나이까지 제목에 언급된 것은 아마도 이 소설이 최초일 것 같다. 바야흐로 노인이 소설의 주인공이 되는 시대가 본격적으로 열린 셈이다.

2014년 서점가에는 밀란 쿤데라, 알랭드 보통, 파울로 코엘료, 무라카미 하루키 등 이름만 들어도 쟁쟁한 해외 작가가 강세였다. 그런데 우리에게는 거의 '듣보잡'에 가까운 요나스 요나손이 이들마저 가볍게 뛰어넘었다. 게다가 그는 자신의 모국에서도 전혀 알려지지 않은 인물이었다. 심지어 『창문 넘어 도망친 100세 노인』은 그가 작가로 등단하면서 낸 첫 책이었다. 더욱 놀라운 건 이 책을 발표할 당시 나이가 48세였다는 것이다.

한때 그는 100여 명의 직원을 거느린 중견 기업의 사장이었다. 지금은 '돌싱'이 된 그는 스웨덴 고틀란드의 어느 작은 섬에서 아홉 살배기 아들과 함께 닭을 키우며 살고 있다. 여기까지는 『해리 포터』 시리즈로 초대형 베스트셀러 작가가 된 영국의 조앤 롤링과 비슷하다.

조앤 롤링 역시 결혼한 지 불과 몇 개월 만에 이혼을 하고 순탄치 않은 생활을 겪은 끝에 어릴 적부터의 오랜 꿈이었던 작가가 되었다.

요나손은 아들이 학교에 가 있는 오전부터 이른 오후 사이에 글을 쓴다. 나머지 시간은 순전히 아들과 닭들의 몫이다. 아무리 글을 잘 쓰는 작가라도 왠지 글이 잘 안 풀리는 때가 있게 마련이다. 요나손은 11마리나 되는 닭을 돌보는 일이 재충전의 시간이다.

작가 지망생이라면 누구나 그렇듯이, 처음 원고를 썼을 때 그의 소망은 '책으로 출간되기만 해도 원이 없겠다' 하는 것이었다.

우리나라의 경우, 중견 출판사라면 하루에도 수십 통의 원고 투고를 받는다. 그중에서 도서로 출간되는 것은 고작 몇 퍼센트 안팎. 당시 요나손은 여섯 곳의 출판사에 원고를 보냈는데 그중 다섯 곳에서는 보기 좋게 거절을 당했다. 그런데 나머지 한 곳에서는 그의 작품을 절반만 읽고 출간 제의를 했다. 작품을 아직 다 읽지도 않은 상태에서 책을 출간하기로 결정한 출판사의 대표는 지금쯤 예상치 못한 돈벼락을 맞아 엄청난 갑부가 되어 있을 것이다.

과연 그의 원고를 거절한 다섯 출판사는 요나손의 작품을 읽어보기라도 한 걸까? 일부는 무명작가라고 읽어보지도 않고 쓰레기통으로 직행했을 것이고, 일부 출판사는 읽어보고도 그 가치를 알아보지 못했을 것이다.

자신의 진가를 알아보는 사람은 따로 있다. 남들이 몰라준다고 해서 자신을 송두리째 바꿀 필요는 없다. 오히려 자신을 알아주는 사람을 찾는 편이 더 낫다. 요나손의 경우 단 6회의 시도 만에 원고 채택이 된 건 사실 매우 빠른 거다. 무려 1,008번의 거절 끝에 자신의 꿈을 이룬 사람도 있으니까. 그는 바로 늘 인자한 웃음을 짓고 오가는 고객들을 반겨주는 흰색 양

복의 백발 할아버지, 전 세계 115개국에 1만 7,000여 개의 매장을 두고 있는 글로벌 프랜차이즈 기업 KFC의 창업주 '커넬 할랜드 샌더스'다.

그는 자신이 직접 고안한 닭튀김 요리법을 알아줄 사람이 언젠가는 반드시 나타날 것이라는 신념 하나로 전 재산 105달러를 몽땅 털어 산 압력솥을 낡은 트럭에 싣고 미국 전역을 장장 2년여 동안 횡단했다. 그러나 그의 닭튀김 조리법을 사주는 사람은 아무도 없었다. 그렇게 무려 1,008번의 거절 끝에 드디어 레스토랑 경험이 풍부한 피트 하먼이라는 투자자를 만나 솔트레이크시티에 최초의 KFC 매장을 열면서 참으로 오랫동안 꿈꾸던 치킨 프랜차이즈 사업의 장엄한 서막을 열 수 있었다. 그의 나이 65세 때의 일이었다.

남들은 여생을 편히 즐기면서 보낼 나이에 커넬 할랜드 샌더스는 무려 1,008번의 거절을 당했지만, 그는 한 번도 자기의 조리법에 문제가 있다고 생각하지 않았고, 그래서 요리법을 바꾸지도 않았다. 사람들이 아무리 몰라주어도 스스로를 믿은 것이다.

요나손의 소설에는 우리나라의 전형적인 드라마나 소설과는 다른 한 가지 신선한 점이 있다. 그것은 복잡한 '출생의 비밀'이 없다는 것이다. 그 대신 이름만 대면 알 수 있는 세기의 위인들이 등장하는 '관계의 비밀'이 있다. 아인슈타인, 스탈린, 드골, 처칠, 트루먼, 마오쩌뚱, 심지어 북한의 김일성과 김정일까지 관계를 맺고 있다.

요나손은 아무리 어둡고 힘든 상황 속에서도 긍정의 유머를 잃지 않는 주인공 알란카손을 통해 전쟁과 정치와 같은 무거운 소재에 등장하는 인물들조차 그들이 쓴 가면과 위선, 권위를 시원하게 끌어내리며 재치있게 이끌어가는 능력이 탁월하다.

이 책에는 때로는 어이없는 행동, 때로는 배꼽 빠지도록 우스운 유머와 재치, 풍자가 담겨있다. 가령 주인공 100세 노인이 잠시 바람을 쐬러 나왔다 잠을 자러 가는데, 문득 2층 계단으로 올라가는 것보다 차 안에서 자는 것이 낫겠다고 생각하며 이렇게 말한다.

"난 더 이상 팔팔한 90 청춘이 아니거든."

또 한 가지 예를 들면, 어쩌다 30년 형을 선고받고 구소련의 강제노동수용소에서 복역하게 된 주인공이 5년의 시간이 지난 뒤 단지 술이 그립다는 이유로(강제노동수용소에서는 술이 금지되므로) 자신의 전매특허인 폭탄을 이용해 북한을 거쳐 남한으로 탈출을 시도하는 대목이 있다. 그런데 일이 잘못 되어 배편으로 돌아갈 수 없게 된 그는 그 먼 거리를 걸어서 대륙을 횡단하기로 결심하며 이렇게 말한다.

"걷다 보면 몸이 훈훈해지겠지."

'100세 노인'은 어떤 행동을 하기 전에 오래 생각하는 타입이 아니다. 독자들은 그런 그의 유머와 가벼운 행동에 매료된다. 이처럼 그의 작품은 다소 황당하고 우연한 사건 사고가 연속으로 이어진다.

그런데 어찌 보면 소설보다 더 기괴하고 예상치 못한 일들이 벌어지는 곳이 오히려 현실 세계가 아닐까? 다만 그 현실을 우리가 다 겪지 못할 뿐. 작가 또한 과거 역사와 현실에서 벌어지는 것들을 모두 알 수 없기에 어쩌면 이미 현실에서 벌어졌을지도 모를 일들을 상상해내며 그것을 문학이라는 장르로 끄집어내어 독자들과 호흡하는 것일지도 모른다.

요나손은 어떻게 이런 대작을 쓸 수 있었을까?

그는 틈이 나는 대로 글을 썼다. 한 작품을 집필하는 데 걸린 순수한 시간은 얼마 되지 않을 것이다. 하지만 『창문 넘어 도망친 100세 노인』에는 그가 살아온 인생 전부가 담겨있다고 해도 과언이 아닐 것이다.

어린 시절, 요나손의 할아버지와 엄마는 늘 이야기를 들려주곤 했다. 대부분 지어낸 이야기였을 것이다. 아마 그때부터 어린 요나손에게 상상의 꿈이 자라기 시작하지 않았을까?

성인이 된 요나손은 스웨덴 중앙 일간지에서 15년간 기자 생활을 했다. 언론사에서 퇴직한 그는 미디어 회사를 설립해서 100명의 직원을 거느리는 중견기업으로 키웠지만, 오래된 허리 질환 때문에 결국 회사를 팔고 시골의 작은 섬으로 내려왔다.

어쩌면 그는 자신의 첫 작품의 주인공인 '100세 노인'처럼 기존의 일터에서 집으로 도망을 친 것일지 모른다. 사업을 하자면 경영, 재무, 직원관리, 기술, 마케팅 등 신경 써야 할 것이 한두 가지가 아니다. 게다가 100명의 직원까지 챙기려면 자신만의 시간을 가질 수가 없다. 말하자면 요나손은 '비즈니스'라는 틀에 달린 창문을 열고 집으로 도망친 게 아닐까 싶다.

'도망'이라는 게 꼭 나쁜 의미를 지니는 것만은 아니다. 도망쳐서 후일을 도모해야 할 때 무모하게 앞만 보고 적과 싸우다 대패한 수많은 사례들이 그것을 증명한다. 손자병법의 36계 중 가장 마지막 '계'(計)가 바로 일단 달아났다가 후일을 도모하라는 주위상(走爲上)이다.

목표를 향해 앞만 보고 쉼 없이 달려가는 삶. 일면 멋지게 보일 수 있다. 그런데 그것이 죽는 그날까지 계속된다면 너무 슬픈 일이 아닐까? 아직 오지도 않은 미래, 어떻게 바뀔지 모를 미래에 매몰되어 현재의 삶 앞에 놓인 가족이나 건강 등의 소중한 것들을 그냥 지나쳐버린다면 설령 자신이 생각한 미래가 눈앞에 펼쳐진다 해도 소중한 삶은 이미 지나간 뒤일 수 있다.

집으로 도망(?)쳐온 요나손은 쓰고 싶었던 글도 쓰고 닭도 키우며 아들과 함께 행복한 삶을 살고 있다.

이미 큰 부자가 되었음에도 다음 작품을 쓰느라 여전히 바쁜 날을 보내고 있을 정도로 그는 글쓰는 것을 즐긴다. 하지만 글을 쓰는 시간보다 훨씬 많은 시간을 여가를 보내는 데 쓴다. 다만 약간의 변화가 있다면 1969년식 중고 볼보 트랙터를 구입한 것 정도랄까. 그는 트랙터 성능이 어찌나 좋은지 모르겠다며 어린아이처럼 자랑을 한다. 만일 글 쓰는 것을 상업적인 성공의 도구로 생각했다면 그렇게 할 수 없을 것이다.

그에게 지금 가장 중요한 것은 책이 얼마나 많이 팔리느냐가 아니다. 자신의 아홉 살 난 아들을 건강하게, 제대로 교육시키며 키우는 것이 더 중요하다.

사실 48세라는 늦은 나이에 첫 작품을 내자마자 벼락같이 스타가 된 것처럼 보이지만, 그의 인생을 들여다보면 결코 하루아침에 이뤄진 일이 아니란 것을 알 수 있다. 그는 15년간 기자로 일하는 동안, 그리고 회사를 경영하면서도 글 쓰는 것을 멈추지 않았다. 기자는 논픽션을 쓰고 소설가는 픽션을 쓰는 차이가 있긴 하지만, 자유로운 상상력이 발휘되는 소설도 현실을 완전히 덮어둘 수는 없다.

48세라는 늦은 나이에 첫 작품이 출간되자, 저명한 문학 에이전시에서 그에게 물었다.

"이 소설은 범죄소설 혹은 모험소설의 어느 장르로 봐야 할까요?"

그러자 그는 '요나스 요나손식 소설'이라고 짧게 답했다.

그는 기존의 틀 속에 자신을 가두지 않았다. 다만 자신의 스타일대로, 자신이 쓰고 싶은 방향대로 써 나갔을 뿐이다. 그의 소설에는 복잡한 상황 묘사가 많지 않다. 등장인물들이 말하고 행동하는 것을 자신이 생각한 대로 보여줄 뿐이다. 그게 요나손 스타일이다. 그런 새로운 반향이 독자들에게 신선함을 주고 감동을 주었다.

패션쇼를 사로잡은 '실버 내레이터 모델'들

정상택, 노민언, 김동규, 김영기, 전영화

흔히 '내레이터 모델' 하면 미모의 20대 여성이 자연스럽게 떠오른다. 그런데 이를 훌쩍 뛰어넘은 60~70대의 '초고령자'로 구성된 내레이터 모델들이 있다. 주인공은 바로 사단법인 대한노인회 고양시 통합취업지원센터에 선발된 30여 명의 실버 내레이터 모델들. 젊은 사람들과 똑같은 혹독한 교육과 훈련을 통해 거듭난 이들은 2013년과 2014년 'SENDEX'(복지&헬스케어 전시회)와 '실버 패션쇼' 무대에 올랐다. 지난 2014년에는 국가적 행사인 인천아시안게임의 행사 도우미로도 활약했다.

가수 정훈희의 오빠, '꽃할배' 정상택

펜싱부 장비과에서 운동장비 검사를 담당했던 정상택씨(68세)는 국제적인 큰 행사의 일익을 담당했다는 것을 매우 뿌듯해 했다. '꽃밭에서'를 부른 가수 정훈희씨의 친오빠이기도 한 그는 45년 동안 정훈희씨의 매니저 역할을 하고 있다. 부산 기장에는 정훈의씨의 히트곡에서 이름을 딴 카페 '꽃밭에서'가 있다. 주말에는 라이브 공연도 한다.

낮에는 일산의 대형 쇼핑센터 주변 금연구역에서 2시간 정도 계도 봉사를 하고, 오후 5시부터 새벽 1시까지는 본업인 수제식 햄버거 가게 '제이스 버거'를 운영한다. 가격은 다소 높은 편이지만 강원도 횡성 한우를 쓰는 등 식재료와 맛에 신경을 쓰는 덕분에 찾는 사람이 많다.

10여 년간 꾸준히 탁구를 즐기고 있는 덕인지 나이는 70이 가까워졌지만 얼굴 피부만 보면 40대보다 더 부드러워 보인다.

안 해본 일 없는 멀티 인생, 노민언

올해 73세인 노민언씨는 2014 인천아시안게임 펜싱경기장에서 선수들이 사용하는 펜싱장비를 관리했다.

서울 신도림동에서 '롤라장'을 운영했던 그는 한때 의류판매업도 했고, 세운상가와 영등포에서 전자제품도 팔아봤다. 마지막으로 노량진수산시장에서 막노동을 했는데, 이마저도 나이 제한에 걸려 67세의 나이에 일을 놓아야 했다.

젊은 시절에는 누구 할 것 없이 입에 풀칠하는 것이 삶의 목표였던지라 먹고살기에 바빠 남을 위하고 베풀 만한 여유가 없었지만, 지금은 남에게 해 되는 일 하지 않고 아쉬운 소리 하지 않으면서 손주에게 적게나마 자신이 번 돈으로 용돈을 주는 일이 그렇게 기쁘고 행복할 수가 없다고 한다.

그는 월 2회 고양시에서 발간하는 신문을 배달하고, 토요일과 일요일에는 덕이동 패션1번지에서 주차 관리를 한다. 젊을 때와 달라진 건 일에만 몰입하지 않고 운동을 꾸준히 규칙적으로 하는 것이다. 젊을 때는 산을 주로 다녔지만 지금은 2년 전부터 배우기 시작한 수영을 주 5회 꼬박꼬박 다니며 몸을 단련하고 있다. 술·담배는 30년 전에 끊었고, 군 입대했을 때와 똑같은 67킬로그램의 몸무게를 지금껏 유지하고 있다. 그가 가장 하고 싶은 일은 호박과 가지, 나무 한 그루까지 직접 농사짓고 키우고 가꾸는 것이다. 지금 그는 조만간 꿈이 실현될 날을 손꼽아 기다리고 있다.

노년에도 키가 줄지 않는 영원한 청춘, 김동규

67세의 김동규씨는 2014 인천아시안게임 당시 축구장으로 사용된 고양종합운동장에서 입장객들에게 자리를 안내했다. 그녀는 10년 동안 절에 다닌 독실한 불자. 공인회계사 사무실에서 일하다가 결혼과 함께 전업주부로 살아왔다. 그러다 지난 2000년부터 지금까지 일산 동구청 민원안내 자원봉사를 하고 있고, 여성가족부 소속 국립여성사전시관에서 안내 역할도 하고 있을 정도로 오랫동안 사회봉사를 해왔다. 마을 통장을 8년간 맡았고, 주민자치위원도 4년째 맡고 있다. 이런 활동 덕분에 그녀는 고양시장상과 경기도지사상, 적십자상 등을 두루 수상했다.

그녀를 아는 사람들은 한결같이 나이가 들어도 키가 전혀 안 줄었다고

입을 모아 말한다. 보통 그 나이가 되면 허리가 굽고 근육량이 줄어서 덩달아 키도 줄어들게 되는데, 지금도 키가 그대로라면 그만큼 자세가 바르고 건강하다는 증거라 할 수 있다. 그렇다고 따로 건강을 챙기기 위해서 운동을 하는 것은 없다.

삶을 활기차게 사는 사람의 공통점 중 하나가 말에 열정이 담기는 것인데, 바로 그녀가 딱 그렇다.

"집에만 있지 말고 밖으로 나와서 사람들을 만나보세요. 그리고 그들과 대화를 하세요."

그녀는 사회봉사를 하면서 오히려 자신이 주었던 것보다 훨씬 많은 것을 받았다고 겸손해 했다. 그런 그녀를 보면 딱 떠오르는 아리스토텔레스의 명언이 있다.

"만일 누군가 자기 자신에게만 관심이 있다면 그는 매우 작은 사람이다. 만일 그가 자신의 가정에도 관심을 가지고 있다면 그는 큰 사람이며 지역사회에도 관심을 가지고 있다면 더 큰 사람이다."

그렇다면 자원봉사를 한 다른 사람들도 김동규 씨와 같은 긍정적인 기분을 느낄까?

지난 2010년, 미국의 건강관리자원봉사연합(United Healthcare and Volunteer Match)에서 성인 4,500명을 대상으로 조사한 선행복지연구(Do

Good Live Well Study)에 따르면 미국인의 41퍼센트가 연평균 100시간씩 자원봉사 활동을 하는데, 그 전해 자원봉사를 했던 사람의 68퍼센트가 신체적으로 더 건강해졌다고 응답했다. 그리고 89퍼센트는 자원봉사가 행복감을 가져다주었다고 답했고, 73퍼센트는 스트레스를 낮춰주었다고 응답했다. 그리고 무려 92퍼센트의 사람들이 자원봉사가 삶의 목적의식을 풍부하게 해주었다고 답했다.

무언가 대가를 바라며 하는 활동과 그렇지 않은 활동은 정신적인 만족도 측면에서 큰 차이를 보인다. 그만큼 순수한 목적의 자원봉사가 정신건강에도 좋은 영향을 미친다는 반증일 것이다.

문사철 600권 돌파로 작가 도전, 김영기

70세의 김영기씨는 2014 인천아시안게임에서 김동규씨와 함께 종합운동장에서 안내 역할을 했다.

그는 30여 년간 군산에서 철강기술 엔지니어로 일하다 IMF 때 명예퇴직을 했다. 그 후 이런저런 개인사업에 손을 댔지만 이렇다 할 성공을 거두지 못했고, 10여 년 동안 쉬어야만 했다. 10년이면 강산도 변한다고 했던가. 30여 년간 몸에 익은 전공분야였지만 10년이 지나자 어느새 그의 기술은 구식이 되어버렸고, 재취업도 어려웠다.

그러다 어느 날 문득 이렇게 살아서는 안 되겠다는 생각이 들었다. 다람쥐 쳇바퀴 돌듯 친구들이나 만나다 보면 울타리 안에 갇혀서 시야가 좁아지고 삶의 의욕이 저하되면서 오히려 건강도 나빠지는 등 바람직한 모습이 아니란 생각이 들었다. 그때 자신에게 필요한 건 바로 '일'이라는 것을 새삼 깨닫게 된 그는 동네 지인의 소개로 이곳 사단법인 대한노인회 고양취업지원센터에 들어오게 되었다.

지금 그는 70대의 고령이지만 사회적 인간관계를 유지하는 일에 다소 신경이 쓰이는 것 이외에는 육체적으로 힘든 점은 없다고 한다.

그에게는 꿈이 하나 있다. '문사철 600'이다. 문학, 역사학, 철학과 관련된 서적을 600권 읽고 나서 자신의 이름으로 된 책을 하나 내는 것이다. 그는 이미 수년 전부터 도서관과 친구처럼 지내고 있다. 머지않아 그의 이름 석 자가 뚜렷이 인쇄된 책을 서점에서 만나볼 수 있기를 기대해 본다.

군 출신의 만능 스포츠맨, 전영화

65세의 전영화씨는 2014 인천아시안게임에서 자원봉사자 출퇴근 관리 업무를 맡았다. 영관급 군인으로 퇴역한 그는 교관 생활까지 합쳐서 군 경력이 자그마치 39년이나 된다. 은퇴 후 2년 정도 쉬었는데, 사람이 쉬기만 하면 축 처지는 법. 그는 최소한 자신의 용돈은 스스로 벌어서 써야겠다는 마음을 먹었다. 하지만 그는 젊은이들이 일할 수 있는 자리에는 나이 든 사람이 가지 말아야 된다는 신념을 가지고 있다. 그만큼 젊은 세대에 대한 배려심이 남다르다.

요즘은 스마트폰과 폴더폰의 장점을 결합한 '스마트폴더폰'이 노인층 사이에서 잔잔한 인기를 끌고 있다. 스마트폰을 쓰는 일이 불편한 노인들을 위해 꼭 필요한 기능만 살리고 나머지는 손에 익숙한 폴더폰 형식을 유지하게 만든 제품이다. 하지만 전영화씨는 젊은이들처럼 터치 스마트폰이 전혀 불편하지 않다. 그만큼 생각도 몸도 젊다.

그에겐 세 가지 꿈이 있다.

첫 번째는 마라톤 풀코스를 뛰는 것이고 두 번째는 번지점프, 세 번째는 패러글라이딩이다. 군 출신이라 그런지 모든 꿈이 스포츠와 관련된 것이다. 그중 첫 번째는 이미 3년 전에 이뤄냈다. 평소 10킬로미터와 하프코스를 뛰다가 이왕이면 풀코스도 한번 해보자는 마음으로 시도를 해서 무려 5시간에 이르는 자신과의 싸움에서 승리했다.

이제 남은 꿈은 두 가지. 식구들은 위험하다고 극구 만류하지만 그의 눈빛은 이미 그 꿈을 향하고 있다.

사람은 누구나 자존감이 있다. 자존감은 자신이 누군가에게 쓸모있는 사람이라는 것을 느낄 때 유지된다. 반대로 얼마든지 일할 능력이 있음에도 사회가 그것을 받아주지 않을 때에는 자존감이 상처를 입는다.

우리나라는 노령화가 가장 급속도로 진행되는 국가 중 하나다. 평생 열심히 일하다 명예롭게 은퇴를 해도 노후가 보장되지 않는다. 노인이라서 일할 수 있는 능력이 떨어진다는 사회적 인식 자체가 개선되어야겠지만, 우선 자기 스스로 나이에 주눅 들지 않고 자신감을 회복하는 게 필요하다. 사실 위에 제시한 사례는 극히 일부에 지나지 않는다. 당장 우리 주변을 둘러보면 나이에 상관없이 열심히 살아가는 사람들이 적지 않다.

빛이 있으면 그늘이 있고, 봄이 있으면 겨울이 있다. 위가 있으면 아래가 있다. 세상에는 양면의 존재가 있다는 것을 인정하고, 긍정적인 면을 바라보며 한 걸음씩 나아갈 때 희망이 있고 생명이 있다.

미치지 않으면 미치지 못한다!

85세 늦깎이 등단 수필가 이현옥

'85'.

2014년 전북도민일보 수필 부문 신춘문예에 최고령으로 당선한 이현옥(가명)씨의 나이다.

85세라면, 남은 생을 편하게 보내기 위해 한창 여가를 즐길 나이지만 그녀에겐 아직도 배움의 못다 한 꿈이 남아있는 청춘의 나이와도 같다.

그녀의 나이 80을 얼마 남겨두지 않은 어느 날이었다. 주변 지인들이 하나둘 세상을 떠나는 것을 보면서 자신도 갈 날이 머지않았다는 생각이 들었다. 더 늦기 전에 그동안 틈틈이 메모해두었던 일기와 편지들을 정리하고 싶었다. 오랜 세월 버리지 못하고 숙제처럼 지니고 있던 기록들이었다. 정리해보니 원고지 470매가 되었다. 하지만 막상 인쇄를 하려고 보니 자식들과 친지들에게도 보일 자신이 없었다. 우선 글을 어떻게 쓰는지 귀동냥이라도 해야겠다는 생각으로 전북대 평생교육원 수필창작반에 등록했다.

이현옥씨의 고향은 전북 고창. 일제 말기에 초등학교를 마쳤는데, 그때까지 학교에서는 일본어를 '국어'라고 가르쳤다. 당시 시골에서는 웬만한 부잣집이 아니면 중고등학교에 진학할 엄두를 못 냈다. 초등학교만 마치고 집에서 살림을 배우다 17~18세쯤 결혼하는 게 그 시절의 풍습이었는데, 19세만 되어도 만혼이라 했다. 하지만 그녀는 달랐다. 공부가 하고 싶었다.

17세 무렵 뜻하지 않았던 8.15 광복을 맞았지만 이미 학교를 떠난 지 오래였던 그녀는 한글을 배울 기회가 없었다. 하지만 그녀는 포기하지 않고 혼자 한글을 익혔다. 늘 공부에 목말랐던 그녀는 이런저런 과정을 거쳐 한국신학대학(현 한신대학 전신) 신학과에 입학했다. 그런데 이게 웬일인가. 재학 중에 난데없이 6.25를 만난 것.

반동분자 집안에다 신학생이라는 게 죄가 되어 인민위원들에게 끌려가 몽둥잇바람을 맞았다. 그러나 천만다행으로 세 번씩이나 죽을 뻔한 위기를 누군가의 도움으로 가까스로 벗어났다. 그럴 때마다 마치 버릇처럼 그런 상황을 짧은 시 형식으로 메모해 두었다. 다급한 상황이라 긴 문장으로 표현할 수가 없었기 때문이다. 그것이 훗날 쓸모있는 글감이 되리라고는 미처 생각지도 못했다.

6.25가 끝나고 모든 것이 제자리를 찾았다. 그리고 결혼도 했다. 하지만 배움에 대한 그녀의 열정은 계속되었다. 결국 50이라는 뒤늦은 나이에 한국기독교장로회 선교교육원 2년 과정을 수료했다.

그녀가 수필을 배우기 시작한 것은 등단을 하거나 공모전에 응모하기 위해서가 아니었다. 그동안 모아두었던 메모들을 정리하고, 자신의 안에 있는 가능성을 찾고, 굽이굽이 감돌아온 흔적들을 적어보고 싶었을 따름이었다. 수필이 뭔지도 모른 채 들었던 첫 수업에서 불광불급(不狂不及), 네 글자가 딱 와 닿았다. '미치지 않으면 미치지 못한다.' 무엇이든 그것에 미칠 정도로 열정을 다하지 않으면 일정한 경지에 이르지 못한다는 의미였다.

그녀는 상실감으로 얼룩진 세월을 살아냈지만, 그 흔적이나마 한 권의 책으로 남기고 싶었다. 그 염원을 실어『상상만으로도 행복하여라』라는 자전적 수필집을 펴냈다. 이왕 글을 쓸 바에야 손끝이 아닌 영혼의 근원에서 우러나는 절제된 글을 단 한 편이라도 쓰고 싶었다. 그러기 위해서는 글을 쓰는 실력을 더 다듬어야 했다. 그래서 그녀는 정읍에서 전주까지 일주일에 한 번씩, 시외버스와 택시를 번갈아 타고 다니며 강의를 들었고, 지금도 꾸준히 듣고 있다.

이제 그녀는 '신춘문에 당선'이라는, 문학을 하는 사람에게는 꿈과도 같

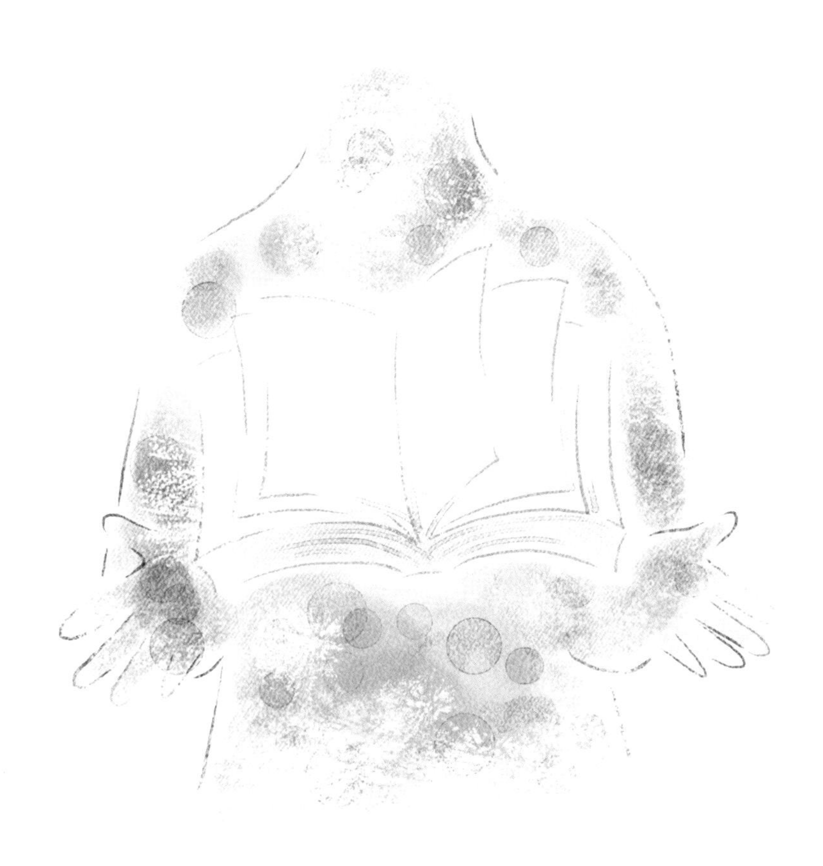

은 결실을 일궈냈다. 목포문학상 제3회 공모전에서 수필 부문 본상도 수상했다. 젊은 사람 못지않은 도전정신과 꿈을 포기하지 않은 의지의 승리였다. 수필 공부를 시작한 지 6년 만의 기쁨이었고, 신춘문예에 도전한 지 3년 만의 쾌거였다.

사실 신춘문예란 5년, 10년이 걸려도 해내기 어려운 좁디좁은 등용문이다. 어떤 이는 한국 문단에 그녀와 같은 나이의 등단은 유례가 없을 거라고 말했지만, 그녀는 단지 운이 따랐을 뿐이라고 겸손해 한다.

그녀는 힘들고 어려웠던 지난날들을 떠올리며 어려운 이웃과 아픔을 겪는 사람들에게 희망이 되고, 시린 가슴에 작은 위로가 되고자 한다. 그 꿈을 글로 이어나가고 있다.

그녀의 인생 후반 이야기는 '실버 세대'라는 명칭이 낯설지 않을 정도로 은빛처럼 반짝이는 감동의 삶 그 자체다. 이현옥 작가보다도 한참 젊은 40대부터 50~70대까지의 작가 지망생들에게는 그녀가 걸어온 길이 백 마디 말보다 더 가슴에 와 닿는 큰 귀감이 되고 있다. 꿈 너머 꿈을 포기하지 않고 미래를 꿈꾸는 그녀는 이제 제2의 수필집을 준비 중이다.

어쩌면 그녀보다 한창 젊은 사람 가운데에도 글을 쓰고 싶지만 너무 늦었다고 지레 단념하는 사람도 많을 것이다. 문제는 환경과 조건, 나이가 아니라 마음가짐이다.

아직도 자신이 없다면, 미국의 코미디언 잭 파의 말에 귀를 기울여보자.

"돌이켜보면 내 인생은 장애물 뛰어넘기 경주와 같았다. 그런데 그 장애물 중에서 가장 어려운 것은 바로 나 자신이었다."

6장

내 나이가 어때서

성장하는 사람에게
노화는
찾아오지 않는다

성장하는 사람에게 노화는 찾아오지 않는다

봄꽃만이 꽃은 아니다. 화려함이 이를 데 없는 진달래와 벚꽃만이 꽃이 아니다. 한겨울 뒤늦게 피는 매화도, 60년 만에 한 번 핀다는 대나무 꽃도, 100년에 한 번 핀다는 고구마 꽃도 2014년 여름에 피었다.

꽃이 얼마나 빨리 피는가는 중요치 않다. 어차피 인생에 누구나 꽃이 피는 시기가 있고 그 시기가 다소 다를 뿐이다. 빨리 피는 꽃은 그만큼 빨리 시든다.

"젊음은 젊은이에게 주기엔 너무 아깝다."

영국의 유명한 극작가 조지 버나드 쇼의 말이다.

이탈리아의 미술가 오르카나의 벽화 '죽음의 승리, 1344년'은 늙고 병든 사람들이 '죽음'에게 자신을 데려가라고 하지만 '죽음'은 이들을 회피한다는 내용을 담고 있다. '죽음'조차 늙은 사람보다는 건강한 젊은이들을 좋아한다는 의미다.

'젊음'이란 나이가 꼭 어려야만 누릴 수 있는 것일까?

늙다고 생각하는 마음이 있을 뿐 늙은 나이에도 '젊음'이 깃들 수 있다.

성장하는 사람에게 노화는 찾아오지 않는다.

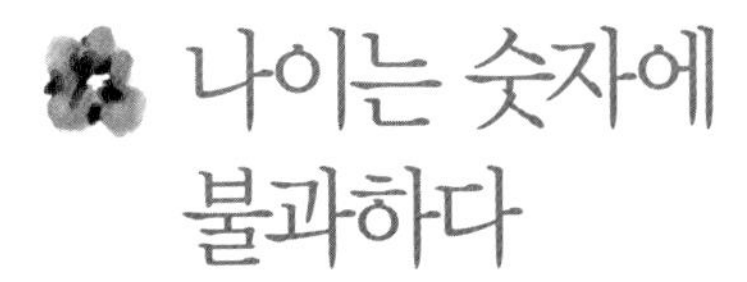

나이는 숫자에 불과하다

1969년생인 일본의 인기 만화가 마스다 미리는 《어느 날 문득 어른이 되었습니다》를 통해서 '노인'을 대하는 젊은이들의 시선이 어떻게 바뀌었는지를 이렇게 들려주고 있다.

"30대 초반 시절, 할머니를 그려달라는 의뢰를 받으면 고양이 한 마리를 안고 햇볕을 쬐는 백발의 기모노 차림으로 충분했다. 하지만 요즘 시대에 그런 그림을 그렸다가는 바로 반려가 되고 만다. 노인이니까 법령(양쪽 광대뼈와 코 사이에서 입가를 지나 내려오는 굽은 선. 법령금이라고도 한다)을 그려 넣긴 하지만, 젊은 사람들에게 어울리는 화사한 핑크나 보라색 같은 옷차림에다 염색한 머리로 산뜻하게 걸어가는 모습을 그려야만 받아준다. 게다가 이제는 몇 살 때부터 법령을 그려 넣을지 그것도 고민이다."

평균연령이 늘어나면서 겪는 세대의 혼돈을 잘 보여주는 일화다.

이제 일본이 아닌 이탈리아로 넘어가보자.

유네스코 세계문화유산을 가장 많이 보유하고 있는 나라 이탈리아에서는 지난 2009년 4월 중부지방에서 진도 6.3의 대지진이 일어나 수백 명의 생명과 고대 문화유물 등 많은 것을 앗아갔다. 그때 기적적으로 구조된 98세의 할머니가 있었다. 무려 30여 시간 동안 폐허에 뒤덮인 채 갇혀 지내다 가까스로 구조된 할머니는 다친 곳 하나 없이 건강한 상태였다. 할머니는 이렇게 말했다.

"나는 구조를 기다리며 뜨개질을 계속하고 있었어요."

나이를 먹으면 늙는 게 자연의 이치지만 나이를 먹어도 여전히 젊은 시절의 모습을 그대로 간직하고 싶은 것은 인간의 본능이다. 복부 지방과 주름 제거 수술, 보톡스, 힙업 성형, 박피 수술 등은 여전히 인기 만발이며 앞으로도 크게 달라지지 않을 것이다.

젊음을 위한 욕망은 의학만이 아니라 의약 분야에서도 불타오른다. 각종 노화방지 영양제, 비타민 및 미네랄이 다량 함유된 영양제, 호르몬제 들이 널리 판매되고 있다.

하지만 아무리 의학과 과학기술이 발전한다 하더라도 노화를 막는 데는 한계가 있다. 설령 인류의 염원인 노화방지의 기술이 완성된다 하더라도 그것은 언제 올지 모를 먼 미래의 일이다. 그보다는 노화를 방지할 수 있는 영적인 젊음을 추구하는 편이 더 현명한 선택이다.

하버드대의 심리학 교수 엘렌 랭거 박사는 75세 이상 노인들을 20년 전의 환경에서 살아가게 한 후 신체 나이를 측정한 결과 무려 7~10년이나 젊어진 것을 확인했다. 이 실험의 교훈은 '젊음'은 환경의 영향을 받는다는 것이다. 더 정확하게 말하면 환경에 따라 정신의 연령대가 바뀌고 그에 따라 몸도 더 젊어질 수 있다. 실제 나이보다 젊은 취향의 옷을 입는다든지, 젊은이들이 주로 하는 헤어스타일을 유지하는 것과 같은 환경에 자신을 놓이게 하면 그만큼 실제로도 젊어지는 효과가 있다는 것이 입증된 것이다.

가난하지만 부끄러움이 없는 자족한 삶을 살았던 그리스의 철학자 디오게네스는 나이를 많이 먹었으니 그만 쉬라는 주위의 말에 이렇게 대답했다.

"경기장에서 달리기를 하는데, 결승점이 가까워졌다고 해서 그만 멈춰야 할까?"

사람들은 화려한 은퇴를 꿈꾼다. 그리고 은퇴 후에는 그동안 해왔던 모든 일들을 뒤로하고 긴장과 피로, 스트레스가 없는 편안하고 안락한 여생을 보내길 바란다. 하지만 그것이 과연 건강한 삶일까?

그런 삶은 실제 거의 없겠지만, 설사 존재한다고 하더라도 며칠만 지나면 무료함과 무기력에 빠지기 쉽다. 마치 중력이 없는 우주를 하염없이 떠돌아다니는 별과 같고, 완전히 풀어져서 탄력이 없는 기타 줄과 같다. 기타 줄은 어느 정도 팽팽하게 감겨 있어야 맑은 소리를 내며 사람에게 감동을 전할 수 있다. 적당한 긴장과 스트레스는 삶에 탄력을 가져다준다.

2004년 독일에서 14세 이상의 남녀 2,000명을 대상으로 '어떨 때 늙었다고 생각하는지' 조사한 결과에 의하면 '고집스럽고 융통성이 없어질 때'가 25퍼센트로 가장 많았고, '돌봄을 받아야 하는 경우가 생길 때'가 18퍼센트, '더 이상 쓸모없는 존재라는 느낌을 받을 때'가 15퍼센트, '과거에 집착할 때'가 12퍼센트, '건망증이 심해질 때'가 7퍼센트, '기타'가 23퍼센트였다.

주목할 만한 것은 두 번째 사유인 '돌봄을 받아야 하는 경우'를 제외하고는 모두 정신적인 이유라는 것이다. 이는 곧 사람들이 실제 체감하는 노화는 육체적인 것보다 정신적인 것에 더 좌우된다는 얘기이다.

프로이트는 그의 나이 48세 때 '50세를 넘은 사람에게는 정신분석학을 적용할 수 없다'고 강연했다. 당시에는 한창 자라나는 성장기와 집중적으로 배우는 학습기가 끝나면 더 이상 두뇌는 새로운 세포를 만들어 내지 못한다는 의견이 지배적이었다. 하지만 현대 뇌과학이 밝혀낸 바에 의하면 새로운 뇌 세포와 이들의 연결망은 평생 동안 새롭게 만들어질 수 있다. 즉 신체는 늙어도 뇌는 늙지 않는다. 양서(良書)가 '지혜의 샘물'이라면 노인(老人)은 '인생의 보고'이다.

지금까지 우리는 주로 외모를 가지고 노화를 판단했지만, 진짜 노화는 뇌를 쓰지 않고 활용하지 않는 것이다. 신체적 노화는 노력 여하에 따라 어느 정도 늦출 수는 있지만 막을 수는 없다. 반면 두뇌는 얼마든지 젊음을 유지할 수 있다. 재화와 물질은 쓸수록 닳아 없어지지만, 사랑과 나눔은 쓸수록 커진다. 뇌도 마찬가지이다. 몸은 쓸수록 닳지만 뇌는 쓸수록 젊어진다.

곱게 나이를 먹는 인생 레시피

나이를 의식하지 않고 30여 년을 살아온 요리연구가 구리하라 하루미는 '일본의 마사 스튜어트'라 불린다. 그녀는 『매일매일 즐거운 일이 가득』이라는 책에서 남들보다 신경 쓰는 부분이 두 가지가 있다고 밝혔다. 그것은 등과 발뒤꿈치다.

등은 목욕할 때 손이 잘 닿지 않는 부분이다. 그래서 등 씻기는 늘 남편의 몫이 된다고 한다.

발뒤꿈치는 매일 발을 씻는 사람도 세밀하게 신경을 쓰지 못하는 게 보통이다. 그래서 젊은 사람도 발뒤꿈치에 굳은살이 박이는 경우가 많다. 하지만 그녀는 매일 아침 욕실에서 따뜻한 물로 발을 씻은 후 화장품을 바르고 마사지를 한다. 마지막 단계로 발을 랩으로 감싼 후 겉에다 양말을 신는 '랩팩'을 한다. 그러면 아기 피부처럼 발뒤꿈치까지 부드러워진다고 한다.

그녀는 왜 남들 눈에 잘 띄지 않는 부분에 이렇게 정성을 다하는 걸까?

그녀만의 이유는 만약 병원에 실려 가게 될 경우, 자신의 등이나 발뒤꿈치를 누군가 보게 되더라도 부끄럽지 않기 위해서다. 나이만 먹었을 뿐, 흐트러지지 않는 긴장을 유지하는 마음은 여전히 10대 소녀다. 나이를 먹어도 늙지 않는다는 게 바로 이런 모습이 아닐까?

독일의 문호 괴테는 81세에 불후의 명작 『파우스트』를 저술했고, 지휘의 거장 토스카니니(1867~1957)는 생을 마감하기 3년 전인 87세 때까지 NBC 교향악단 상임지휘자로 일했다. 호주의 필리스 터너라는 할머니는 12세 때 아버지가 가출을 하는 바람에 어쩔 수 없이 학업을 그만뒀는데, 60년이 흐른 72세의 나이에 인류학 공부를 시작해서 우등으로 졸업을 했다. 그뿐만 아니라 90세 때는 사우스오스트레일리아에서 가장 오래된 도시인 애들레이드의 한 대학에 진학해서 4년 만인 94세에 의학 석사학위까지 받았다.

만약 나이가 들면서 뇌도 덩달아 노화가 된다면 괴테는 어떻게 81세의 나이에 그 방대한 분량의 저술을 할 수 있었으며, 토스카니니는 87세의 나이에 어렵고 난해한 곡들을 무슨 수로 지휘할 수 있었을까? 심지어 웬만한 젊은이들도 하기 어려운 의학 석사 과정을 90세가 넘은 노인이 이수할 수 있었겠는가.

뇌가 늙는 시점은 '나이가 들면서'가 아니라 '나는 이제 끝났어'라고 단념하는 순간부터이다. '나는 여전히 젊고 활발하게 두뇌 활동을 할 수 있다'라고 생각하면 뇌도 그에 따라 반응을 한다. '젊음'은 육체적인 것보다 정신적인 것에 더 좌우된다.

•

그렇다면 곱게 나이를 먹기 위해서는 무엇이 좋을까?

세 가지 레시피가 있다.

첫째는 신체적 운동이고 둘째는 정신적 운동이다. 셋째는 적당한 휴식과 여유다.

삼시 세끼 음식을 먹는 것처럼 이 세 가지를 매일 실천해보라. 확실하게 젊어진다.

근육은 쓰지 않으면 줄어든다. 그래서 운동으로 근육을 길러야 한다. 뇌는 우리 몸의 각종 신체기관들과 신경망으로 연결이 되어 있다. 따라서 신체를 자극시키고 단련시키는 일은 곧 뇌를 활성화시키는 일이다. 잘 놀고 잘 뛰어다니는 학생이 가만히 앉아서 공부만 하는 학생들보다 성적도 더 뛰어나고 기억력과 창의력도 좋다. 적당한 신체적 운동은 나이에 상관없이 꼭 해야 한다. 이것이 곱게 나이 드는 첫째 조건이다.

곱게 나이를 먹는 두 번째 레시피는 정신적 운동이다.

인간에게는 사자처럼 날카로운 발톱과 뱀처럼 치명적인 독, 치타처럼 빠르게 달릴 수 있는 다리, 독수리처럼 하늘을 날 수 있는 날개가 없다. 그런 인간이 만물의 영장이 된 이유는 생각하는 능력 덕분이다. 인간의 정신과 사고 체계를 획기적으로 확장시킬 수 있는 가장 경제적이고도 쉬운 방법이 바로 독서다. 독서를 효과적으로 하는 방법은 먼저 관심 분야와 목표를 정하고 책을 보는 것이다.

국내 발명특허만 150건을 넘게 보유하고 있으며, 매년 억대의 특허 관련 수수료를 받고 있는 H씨는 고등학교 1학년 때까지만 해도 수능 모의고사 점수 150점대(400점 만점)의 꼴찌 수준이었다. 그러나 발명에 흥미를 가지면서부터 공부가 재미있어졌다. 공부를 발명의 수단으로 바꾼 결과였다. 그는 결국 수능 350점을 넘겼고, 카이스트 박사 학위까지 받았다.

어릴 때 책을 읽으면 젊어서 유익하고, 젊어서 책을 읽으면 늙어서 쇠하지 않으며, 늙어서 책을 읽으면 죽어서도 썩지 않는다 하였다.

독서는 상상력을 키운다. 헨리 데이빗 소로는 "우리가 육체에 먹을 것을 줄 때 상상력에도 먹을 것을 주어야 한다"고 말했다. 1920년생으로 지금도 글을 쓰고 강연을 하고 있는 프랑스의 여류작가 브느아트그루는 "생각의 순환은 혈액의 순환만큼이나 중요하다"고 했다.

세계 최고 부자이자 기부의 왕 빌게이츠는 "오늘의 나를 만든 것은 작은 마을의 도서관이었고, 하버드대학 졸업장보다 내게 소중한 것은 독서하는 습관이었다"고 말했고, 미국 토크쇼의 여왕 오프라 윈프리는 "독서가 내 인생을 바꾸어 놓았다"고 말했다.

사람의 피부는 위치에 따라 두께의 차이가 있다. 그중 가장 얇은 곳은 눈꺼풀로, 약 0.2밀리미터 정도다. 그래서 나이가 들면 눈 주위 피부가 가장 먼저 주름이 잡힌다. 노즈크림은 없어도 아이크림이 있는 이유다. 상대적으로 피부가 두꺼운 다른 부위들은 노화의 속도도 늦다. 이와 마찬가지로 정신의 노화를 예방하는 길은 마음과 정신의 두께를 두텁게 하는 일인데, 가장 경제적이면서 효과 높은 방법이 독서이다.

유방을 도와 한나라 건립에 큰 공을 세운 장량은 그 비결을 강태공이 쓴 『육도삼략』이라는 병서를 달달 외울 정도로 열심히 읽었던 것이라 하였다. 독서는 이처럼 사람의 운명을 가르기도 한다.

단, 여기서 주의할 점은 독서의 즐거움에 너무 빠져서 몸을 움직이는 것을 게을리하는 것이다. 그래서 필요한 게 '휴식'이다. 그래야 다시 하던 일을 하고 싶은 의욕도 샘솟는 법이다.

신체적 운동과 정신적 운동에 이어서 마지막으로 중요한 것이 바로 휴식과 여유이다.

전 세계적으로 한 해 동안 수백만 명이 죽음을 맞이한다. 그런데 그 죽음의 원인 1위를 차지하는 것이 바로 '일'과 관련된 사고나 질병이다. 믿기 어렵겠지만, 이 수치는 전쟁에서 목숨을 잃는 사람들의 세 배가 넘는다. 먹고살기 위해 하는 '일'이 오히려 목숨을 단축시키는 가장 큰 원인이 된다.

게다가 한국인은 세계에서 일을 가장 많이 하는 나라 중 하나다. 일을 너무 과도하게 하면 생체리듬이 파괴되고 신체적으로 여러 가지 이상 현상이 나타나게 마련이다. 과로는 자연의 이치를 어기는 것이다. 이제는 열심히 일만 하는 것이 능사가 아니다. 일도 스마트하게 해야 한다. 적게 일하고도 목적을 달성할 수 있는 아이디어가 필요하다.

법정스님이 쓰신『아름다운 마무리』에 나오는 두 가지 일화를 소개한다.

먼저 **첫 번째 일화.**

아프리카의 미개 부족 농부들이 한 화학제품 회사로부터 비료를 선물받았다. 농부들은 회사에서 시키는 대로 난생 처음 보는 비료를 밭에 뿌렸다. 그랬더니 이전보다 훨씬 농작물이 잘 성장했다. 농부들은 마을의 추장을 찾아가 이 기쁜 사실을 알렸다. 그러자 추장은 잠깐 생각하더니 농부들에게 이렇게 일렀다.

"참 좋은 현상이구나. 내년부터는 밭을 절반만 갈도록 하여라."

두 번째 일화는 콜롬비아 인디언 얘기이다.

유럽인들은 신대륙에 살고 있는 원주민 인디언들이 형편없는 도구로 힘겹게 나무를 자르고 있는 것을 보고는 그들에게 큰 도끼를 하나 선물했다. 이듬해 유럽인들은 인디언들이 도끼를 잘 사용하고 있는지 궁금해서 다시 그 마을을 찾아갔다. 그러자 마을의 인디언들과 추장이 그들을 반갑게 맞이하였다. 유럽인들은 인디언들이 도끼 덕분에 더 많은 일을 해서 더 큰 이익을 얻었을 거라고 상상했다. 그때 사람들이 모인 자리에서 추장이 유럽인들에게 말했다.

"당신들에게 뭐라고 고마움을 표시해야 할지 모르겠군요. 도끼 덕분에 우리는 더 많은 휴식을 누리게 되었습니다."

인간의 불행은 대부분 더 많이 가지고 더 많이 이루려는 욕심에서 비롯된다. 지혜로운 인디언들은 자신이 필요한 만큼 얻었으면 그걸로 만족하고 더 많아진 여유의 시간을 휴식과 여가를 즐기는 데 썼다. 현재를 희생하며 산다고 해서 반드시 장밋빛 미래가 오는 건 아니다. 언제 올지 모를 미래로 계속 미뤄두고 있는 그 행복을 바로 지금 누리는 지혜를 인디언들은 알고 있었던 것이다.

'세계에서 가장 행복지수가 높은 나라'는 어디일까? '물질'이 중심인 요즘의 기준으로 보자면 미국이나 일본, 독일, 영국 이런 나라들이 리스트의 맨 앞을 장식해야 하겠지만, 정작 세계에서 가장 행복지수가 높은 나라는 인도와 중국 사이, 히말라야 산맥 부근에 위치한 작은 나라, 한반도 면적

의 5분의 1, 인구 약 71만 명, 1인당 GDP(국내총생산)가 2,000달러에 불과한 부탄왕국이 선정되었다. 물론 조사하는 기관에 따라 순위는 조금씩 달라지고, 해마다 자리가 바뀌지만 부탄은 언제나 1위 혹은 최상위권을 유지하고 있다.

부탄 왕국은 국민 100명 가운데 97명이 스스로 행복하다고 말할 정도로 '국민이 행복한 나라'다. 그들의 일상은 웃음과 만족이 넘쳐난다.

여유에는 또 다른 효용이 있다.

여유는 빈 공간이고 한편으로는 결핍과도 같다. 인간은 새처럼 날개가 없는 결핍 때문에 하늘을 나는 꿈을 꾸고 비행기를 만들었다. 치타처럼 빨리 뛸 수 없는 신체구조를 지녔기에 자동차를 만들었다. 결핍은 에너지다. 마음을 비웠을 때 비로소 평온이 찾아오고 깨달음을 얻을 수 있다. 비움은 곧 여유이다.

내공이 깊고 여유로운 사람일수록 자주 웃는다. 많이 웃어야 노년의 얼굴도 아름답게 가꿀 수 있다. 사람들은 대개 좋은 일이 있을 때만 웃지만 그 반대의 경우도 웃을 수 있어야 한다.

정말로 어이없는 일을 만났을 때 웃어버리는 경우가 있다. 웃음 말고는 별다른 대책이 없다는 것을 뇌가 본능적으로 알기 때문이다. 과학과 의학기술이 아무리 발전해도 만병통치약은 없다. 하지만 인간은 이미 그걸 가지고 있다. 웃음이다. 웃음이라는 만병통치약은 아무리 써도 없어지지 않는 신비로운 물질로, 신으로부터 받은 가장 고귀한 선물 중 하나다.

홍미로운 것은 휴식과 여유가 '생명 연장'과 깊은 관련이 있다는 사실이다.

부지런함의 대명사 쥐는 평균 4년을 살고, 일개미는 대략 일 년을 산다. 암컷 일벌은 6주 정도의 삶을 살 뿐이다. 반면 일은 안 하고 번식에만 집중하며 로열젤리를 먹는 여왕개미는 최대 30년까지도 산다. 느림의 왕 거북이는 250년까지 살고, 활동할 때 빼고는 잘 움직이지 않는 철갑상어는 150년을 산다. 비단잉어는 물 흐름이 느린 폭이 넓은 큰 하천을 선호하고, 추워지면 몸의 활동을 줄이며 거의 움직이지 않는 특징이 있는데 평균 70년 정도를 살며 최대 200년까지 장수한 경우도 있다.

우리가 흔히 키우는 개는 대략 15년을 사는 반면 고양이는 20년 정도를 산다.

개는 평소에도 활동량이 많은 반면, 고양이는 야행성으로 낮잠을 자기를 좋아할 만큼 게으른 동물이다.

지금까지 살펴본 동물들의 공통점은 무엇일까?

그것은 느리고 활동량이 적을수록 더 오래 산다는 것이다. 에너지를 너무 많이 소진하게 되면 수명 또한 단축이 된다. 일이 중심인 세상을 사는 우리들이 너무 일에만 온 힘을 쏟아서는 안 되는 이유가 바로 여기에 있다. 가늘고 길게 산다는 말은 있어도 굵고 길게 산다는 말은 없다. 하나를 얻으려면 하나는 버려야 한다.

강원도 대관령에서 목장의 건초를 실어 나르는 일을 하는 70세가 넘은 노인이 한 트럭을 40년이나 넘게 타고 다녔다. 그 비결을 묻자 노인은 이렇게 답을 했다.

"오르막길에서 엔진의 힘을 다 쓰지 않아야 해요."

인간의 신체와 체력도 마찬가지다. 현재 내가 가진 능력이 100이라면 그것을 다 소진하지 말고 언젠가를 위해 적당히 아껴두어야 한다. 그러기 위해서 필요한 것이 휴식과 여유이다.

영국의 저명한 정치가인 체스터필드 경은 "어떤 사람이 바쁘다면, 그것은 그가 하고 있는 일이 그에게 너무 벅찬 것임을 의미한다"고 했다.

슬기롭게 삶을 사는 사람은 일과 여유를 구분할 줄 알고 가정과 자신의 자유에 적절한 시간을 배분할 줄 안다.

일에만 매인 채 늘 바쁘다는 사실이 아내와 가족들과 행복한 시간을 보내지 않아도 된다는 면죄부가 될 수는 없다.

일에 매달리다 보면 자칫 가정이 흔들릴 수도 있다. 그것은 마치 한쪽 날개에 상처를 입은 새가 언제 추락할지 모르는 채 위태로운 모습으로 하늘을 나는 것과 같다.

명문 하버드대를 나왔지만 세속적인 성공을 버리고 자신이 태어난 고향 매사추세츠의 콩코드로 돌아와 월든 호숫가에 통나무집을 짓고 자연과 함께 소박한 삶을 살았던 헨리 데이빗 소로는 "진정 효율적으로 일하는 일꾼이라면 일을 하느라 하루 종일 분주한 대신 긴장을 풀고 여유를 즐기면서 빈둥거리며 일할 것이다"라고 말했다.

영국 사람들이 '인도와도 바꾸지 않겠다'고 했던 불멸의 극작가 셰익스피어는 소로보다 더한 사람이었다. "끊임없이 몸을 움직여 하찮은 일에 힘을 소진하느니 차라리 녹슬어 죽는 쪽을 택하겠다"는 극단적인 표현까지 했을 정도였다.

일반적으로 사람들이 하기 어려운 것은 더하기가 아니라 빼기이다. 소비는 쉽지만 절제는 어렵다. 말도 내뱉기는 쉬워도 두 번 세 번 생각하고 가려서 하는 것은 어렵다. 자동차 운전에서 가장 중요한 것은 얼마나 잘 달리느냐가 아니라 얼마나 잘 멈출 수 있느냐 하는 것이다. 필요한 바로 그때 멈출 수 있어야 생명을 이어갈 수 있기 때문이다.

지금의 삶이 거침없이 빠르고 바쁘게 지나가고 있다는 생각이 든다면 잠시 가던 길을 멈추고 서서 곰곰이 생각을 해보라. 음악이 아름다운 이유는 중간 중간에 쉼표가 있기 때문이다. 쉼 없이 계속 이어지는 노래는 오히려 소음이 되기 쉽다.

일찍이 '무위자연'을 노래했던 노자도 이렇게 일렀다.

知足不辱 知止不殆(지족불욕 지지불태).

"족한 줄 알면 욕됨이 없고 멈출 줄 알면 위태롭지 않다."

성공으로 가는 여정이 되기 위해서 필요한 건, 더 많은 시간을 들여 자신을 혹사시키는 것이 아니라 일하면서 적당히 쉬고 멈추고 절제하고 여유를 갖는 것이다. 그래야 일도 더 창의적으로 할 수 있고 건강하게 오래 일할 수 있다. 조급하지 않아야 마음도 평온해진다. 그래야 일하는 과정이 행복할 수 있다.

이것이 곱게 나이를 먹는 비결이다.

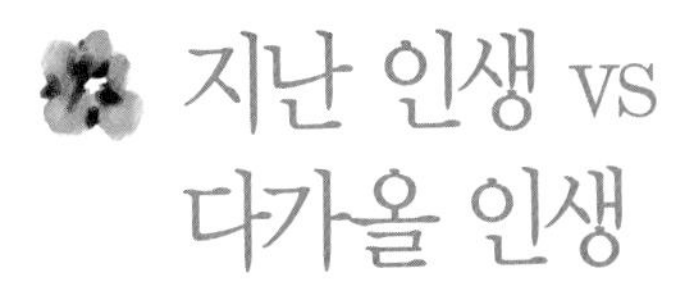

지난 인생 VS 다가올 인생

나이가 든다고 해서 지적 능력이 떨어지는 것도, 열정이 식는 것도 아니다. 오히려 나이가 들수록 지식이 축적되고 깊은 통찰에서 오는 지혜가 더 큰 법이다. 하지만 오늘날 직장에서는 나이가 많은 순으로 내보내는 일이 관행처럼 반복되고 있다. 가장 대책이 없는 사람은 자신은 결코 밀려나는 일이 없을 거라며 인생 후반에 대해 아무것도 준비가 안 된 사람이다. 그러다 조직의 배신(?)을 맞으면 그는 가장 먼저 자지러지고 만다.

연극은 여러 막으로 구성되어 있다. 우리네 인생도 연극과 비슷하다. 1막이 있으면 2막이 있고, 2막이 있으면 3막도 있을 수 있다. 단막극도 있지만 재미있는 연극은 대부분 여러 개의 막으로 구성되어 있다. 그래야 스릴이 있고 반전의 재미가 더해진다. 만약 인생도 단막극이라면 얼마나 밋

밋할까?

나이가 들면 자신의 이름 대신 아저씨, 아줌마, 할머니, 할아버지로 불리는 경우가 많아진다. 이제 다시 잊혔던 나의 이름 석 자가 불리도록 해보는 건 어떨까?

레오나르도 다빈치는 자신의 인생에서 가장 큰 업적이 무엇이냐는 질문에 '레오나르도 다빈치'라고 답했다.

인생 2막이나 3막을 성공적으로 열어가는 사람들이라고 해서 모두 여유롭거나 탁월한 능력을 갖춘 것은 아니다. 다만 좀 더 긍정적이고 좀 더 결단력이 있을 뿐이다. 변화를 두려워하는 것은 자신의 인생 2막의 커튼을 열지 않은 채 가두어두는 것과 같다.

당신의 연극을 흥미롭게 지켜봐 줄 관객이 어디엔가는 분명히 존재한다. 그는 당신이 이제껏 보여주지 않았던 새로운 2막을 펼쳐주길 고대하고 있을 것이다.

지금껏 사회와 집단이 만들어놓은 제로섬의 세상을 살아왔다면 인생 2막의 기준은 당신이 직접 정해보라. 기존의 세상이 일직선상에 놓인 경주였다면 이제부터는 당신이 원의 중심이 되고 사방팔방 어느 방향으로 가도 일등이 될 수 있는 자신만의 꿈을 만들어보는 것이다.

꿈을 실현시키기 위해 필요한 건 자신에 대한 투자이다. 미래에만 투자를 하지 말고 현재의 나에게 투자를 하라. 20년 30년 이후에 탈 수 있는 연금이나 저축의 일부를 떼어내서 오롯이 나에게 쓰는 거다. 그동안 희생하고 노력해왔으니, 그 정도의 대우는 받을 자격이 있지 않을까?

결혼식 때는 대부분 일생에 한 번뿐인 행사에 대한 '예의' 차원에서 비싸고 고급스런 정장을 구매하게 된다. 필자 또한 마찬가지였다. 하지만 결혼 후 이제까지 그 양복을 단 한 번도 입은 적이 없다. 몇 번 입을 기회가 있긴 했지만, 차마 입기가 아까워서 다른 걸 입었다. 그런데 이제는 유행이 바뀌어서 옷을 리폼하지 않으면 입을 수 없게 되었다.

인생도 마찬가지다. 언제 올지 모를 먼 미래 때문에 현재를 희생할 필요는 없다. 먹고 싶은 게 있다면 조금 비싸더라도 이왕이면 기분 좋게 과감히 사 먹어보라.

설령 나중에 후회를 하더라도. 아끼고 절약하는 습관만이 미덕은 아니다. 어떤 일을 했을 때 진정으로 행복감을 느낀다면, 억지로 참으면서 살 필요는 없다.

노래 부르는 걸 좋아하면 노래교실이나 음악학원을 끊어보라. 그림에 관심이 있으면 데생부터 배우고, 건설업에 관심이 있으면 중장비 자격증에 도전해보라. 여기에 필요한 건 약간의 돈과 용기이다.

인생 2막은 1막과는 다른 삶이어야 한다

자, 그럼 인생 2막을 어떻게 준비해야 할까?

홍콩 중국대학 인류학과 교수 고든 매튜(Gordon Mathews) 박사는 20여 년간 '이키가이'(いきがい)라는 개념을 연구하고 있다. '이키가이'란 직역하면 '사는 보람'이라는 뜻이다. 우리의 삶을 보다 의미 있고 가치 있게 만들어주는 어떤 것을 말한다.

사람은 대체로 나이를 먹으면서 이키가이가 바뀐다. 이키가이는 대부분 개인의 꿈과 관련이 있는데, 철부지 어린 시절에는 선생님이나 변호사, 과학자, 요리사, 예술가, 연예인, 운동선수, 게이머, 공무원, 사업가 등이었다가 나이가 들면서 그 꿈은 점점 현실화된다.

꿈이 변하는 것이 문제는 아니다. 진짜 문제는 이키가이가 나이를 먹으면서 아예 사라지는 현상이다. 심지어 아직 팔팔해야 할 젊은 청춘들도 삶의 목표와 의욕을 잃은 채 창창한 앞날의 의미가 될 이키가이를 잊어버리곤 한다. 사람이 늙는 것은 나이를 먹어서가 아니고 자신이 생각하는 가치 있는 삶의 기준인 이키가이를 잃어버리면서 비롯된다.

중요한 것은 이키가이를 사회적인 성공이나 다른 사람들의 가치관과 기준에 맞출 필요가 없다는 것이다. 그동안 남이 보는 기준에 의해 살아왔다면 이제부터라도 나만의 가치관으로, 내가 생각하는 의미 있는 것들에 눈을 뜨고 귀를 기울여보라.

그래도 자신이 무엇을 해야 할지 모르겠다면 다음 동화의 한 장면을 참

고하길 바란다.

엘리스는 길이 여러 갈래로 갈라지는 곳에 이르자 걸음을 멈추고 부엉이에게 어디로 가야 하는지 물었다.

그러자 부엉이가 반문했다. "어디를 가고 싶은데?"

"그건 나도 몰라." 엘리스가 대답하자 부엉이는 다음과 같이 말했다.

"그렇다면 어떤 길로 가든 아무 상관없어."

- 루이스 캐럴 『이상한 나라의 엘리스』 중에서

무엇을 할지 판단이 안 서면 일단 뭐든지 해보는 것이 필요하다. 가만히 있으면 중간이라도 간다는 말은 이럴 때 쓰는 게 아니다. 설사 일을 저질러서 실패를 한다고 해도, 길게 보면 그것도 큰 자산이다. 귀는 열어두되 얇아서는 안 된다. 최종 판단의 주체는 '나'여야 한다.

사람의 능력은 실로 무한하다. 자기 자신조차 모르는 잠재능력이 분명히 있다. 다만 그동안 바쁜 일, 필요한 일에 우선순위를 내어주다 보니 그걸 겉으로 드러내지 못했을 뿐이다. 아직 한 번도 시도하지 않았다고 해서 지레 단념하지 않길 바란다. 오히려 그럴수록 순수한 초심의 마음으로 더 잘할 수 있을 것이다. 선무당이 사람 잡는다고 했다. 어설프게 아느니 아예 모르는 편이 훨씬 나을 수도 있다.

언젠가 어느 기업의 창업 설명회에 참석했는데, 그때 강사로 나왔던 무역회사의 대표가 했던 말이 생각난다.

"저에게 창업을 상담하러 오는 분들이 많이 있지만, 결과적으로 성공하는 사람들은 유형이 정해져 있어요. 한마디로 아무것도 그려지지 않은 백지 같은 사람이죠. 일반적으로 어느 정도 배경 지식과 경험이 있어야 사업을 잘할 것이라고 생각하기 쉽지만, 현실은 오히려 그렇지 않은 경우가 많습니다. 아는 게 없고 경험이 전무한 사람들은 제가 얘기해주고 조언해주는 것을 그대로 의심 없이 실천했습니다. 그랬을 때 성공도 크게 따랐고요. 반대로 이것저것 들은 풍문이 많고 경험도 어느 정도 있는 사람은 의심이 많고 선입견이 있기 때문에 제 말을 신뢰하지 않고 뻔한 길이 있어도 빙빙 둘러갑니다. 그럴수록 성공은 더욱 멀어지죠."

물론 이 대표가 말하는 '백지' 같은 사람들은 사기꾼한테도 잘 속을 것이다. 하지만 사기꾼이 아니라 이 대표처럼 제대로 된 프로 중의 프로를 만난다면, 그는 앞으로 승승장구할 가능성이 크다. 스펀지처럼 쑥쑥 빨아들이는 수용력과 흡입력이 크기 때문이다.

오랜 직장생활 덕분에 그 분야에 정통하고 잘 안다는 사람들도 막상 퇴직한 뒤 그것을 업으로 해서 크게 성공한 사람은 드물다. 아는 게 많다 보니 남의 말을 귀 기울여 듣지 않고 자기만의 세계에 빠지는 경향이 다분

하기 때문이다.

고 이병철 회장이 청년 이건희에게 붓으로 써준 두 글자가 '경청'(傾聽)이었다.

아무것도 모른 채 처음으로 해당 분야에 뛰어든 사람들은 모든 게 새로울 수밖에 없다. 보고 듣고 느끼는 것들이 모두 쏙쏙 들어온다. 이들에게는 모든 게 가능해 보이고, 도전해볼 만한 것으로 비춰진다. 그래서 실행도 빠르다. 물론, 이 때문에 실패도 쉽게 할 수 있지만 그만큼 빨리 실패를 딛고 다시 일어서는 속도도 빠르다.

나이는 변신의 걸림돌이 아니다.

사람은 누구나가 익숙한 것을 편안하게 여긴다. 사람관계도 마찬가지다. 자신이 아는 사람, 조금이라도 친분이 있는 사람과 가깝게 지낸다. 하지만 마음은 편할지 모르나 더 이상의 인간관계는 확대되지 않는다. 일도 마찬가지다. 인간관계를 넓히기 위해서는 오히려 모르는 사람들과 대화를 더 시도해야 하듯이 모르는 일이라도 마음을 열고 대할 필요가 있다. 업종이나 일하는 방식은 다를지라도 어차피 사람이 하는 일에는 크고 작은 공통분모가 반드시 있게 마련이다. 특히 나이가 어느 정도 먹은 사람은 그동안 쌓아온 내공과 통찰력이 있기 때문에 새로운 일도 일정 시간이 지나면 그 핵심 원리와 이치를 빨리 꿰뚫게 된다.

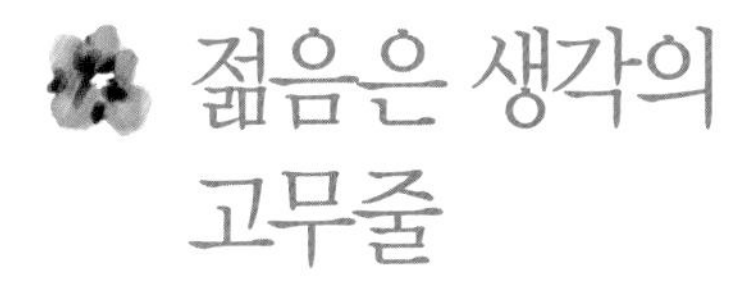

젊음은 생각의 고무줄

『무기여 잘 있거라』로 유명한 미국의 소설가 헤밍웨이는 55세의 나이에 『노인과 바다』로 노벨문학상을 받았다.

주인공 산티아고는 온몸이 노쇠하여 성한 곳이 없는 노인이다. 하지만 늙지 않은 곳이 딱 한 군데 있었는데, 그것은 눈빛이었다. 눈빛은 생각하는 뇌를 뜻한다.

노인은 84일 동안 단 한 마리의 피라미도 잡지 못했다. 그러다 바다 한가운데에서 자신의 배보다 훨씬 큰 18피트(약5.5미터)짜리 거대한 상어가 드디어 낚싯바늘에 걸린다. 노인은 이틀간의 사투 끝에 상어를 통째로 사로잡았다. 하지만 엄청난 크기와 무게 때문에 배에 밧줄로 묶어서 물에 담근 채 끌고 가야만 했다.

노인은 피 냄새를 맡고 계속 몰려오는 상어 떼들을 떼어내느라 혼신의 힘을 다해 용감히 맞서 싸웠다. 다행히 상어들을 물리쳤지만 그 과정에서 작살과 칼 그리고 젓는 노마저 잃고 말았다. 마침내 체력이 바닥까지 떨어져 자칫 생명을 잃을 위기에 처했을 때, 노인은 스스로에게 다짐한다.

'나는 생각해야 해.'

꺼져가는 촛불처럼 체력이 소진되는 마지막 순간에도 '정신'만은 잃지 않으려고 했던 것이다. 우리는 이 작품에서 몸은 노인이지만 마음은 청년인 한 젊은이를 볼 수 있다.

'가난은 부끄러운 게 아니라 다만 불편할 뿐이다'라는 말이 있다. 마찬가지로 나이가 많은 것은 불편할 수는 있어도 부끄러운 일이 아니다.

나이를 부끄러워하면 일을 쉽게 저지르지 못한다. 특히 한국 사람은 나이가 들수록 체면을 중요하게 생각하는 경향이 있다.

오래된 유행어 중에 '이 나이에 내가 하리'라는 게 있다. 나이 많은 보스가 자신을 필요로 할 때마다 나이를 핑계로 슬그머니 빠져나가는 모습이 웃음을 자아냈다.

생각이 너무 깊어지면 행동에 제약이 있듯 나이를 너무 의식하면 활동성이 저하되게 마련이다. 재취업 면접장에서도 나이 때문에 주눅이 드는 사람보다 오히려 당당한 모습을 드러낼 때 면접관도 감동을 받는다.

'아직 인생의 반도 오지 않았다. 나는 아직 충분히 젊다.'

'100세 시대를 사는 세상. 이제 겨우 50이다. 나는 충분히 팔팔하고 젊다.'

'인생은 60부터다. 정말 그렇다. 배우 장광은 65세에 영화에 데뷔했다. 나는 여전히 젊다.'

'미국의 국민화가 모제스는 75세에 처음 붓을 잡았다. 얼마든지 다시 시작할 수 있는 나이이다.'

'85세에 수필로 등단한 할머니도 있다. 배우고 뜻을 이루는 데 나이는 중요하지 않다. 오히려 인생의 깊은 맛을 젊은 사람들은 흉내 내지 못한다.'

이런 식의 긍정적인 사인(Sign)을 계속 되뇌어보라. 바람을 마주보고 있으면 역풍을 맞지만 뒤로 돌아서면 순풍이 된다. 작은 생각의 차이가 큰 행동을 바꾼다.

예로부터 100리 길을 가는 사람은 90리를 반으로 친다고 했다. 현재에 놓인 시간보다 긴 안목과 시선으로 삶을 살 때 마음의 여유도 따른다.

어떤 일을 벌이든 잘 아는 분야면 좋겠지만, 꼭 그것만이 정답은 아니다. 오히려 모르는 분야, 접하지 않았던 분야에서 남들이 생각지 못한 엉뚱 기발한 아이디어가 나올 수 있다. 한 분야에 정통한 사람에겐 오히려 맹점이 있을 수 있다. 해당 분야에는 깊이 있는 식견과 통찰을 가지고 있을지 몰라도 다른 분야와 접목하거나 확장하는 사고의 유연성까지 큰 것은 아니다. 오히려 살아온 배경과 경험이 전혀 다른 사람에게서 창의적인 발상이

나올 수 있다. 그들이 원래 창의적이라서 그런 것이 아니라 해당 분야의 전문가가 보지 못하는 다른 관점으로 보기 때문이다.

'이로도리'에서 하찮게만 보이던 나뭇잎을 연간 30억대의 비즈니스로 연결시켰던 사람은 사업 전문가도 아니요 생태학자도 아닌 70대의 평범한 동네 할머니였다.

중요한 것은 어떤 분야의 일을 하든 그 분야의 전문가가 아니라고 미리부터 겁을 먹을 필요는 없다는 것이다. 자신이 바라보는 관점을 적용시키면 또 다른 효용이 얼마든지 생길 수 있다. 생각을 바꾸고 관점을 달리하면 불가능하게만 여겼던 세상이 가능한 세상으로 바뀌게 된다.

자신의 능력과 잠재력을 어느 한쪽으로 제한하거나 한계를 긋지 말라.

누구나 이런 경험이 있을 것이다. 어떤 것을 머릿속에 담고 있으면 그것을 중심으로 사건들이 발생하고 이뤄지는 경험을. 예를 들자면 이런 것이다. 오늘 멋진 모자를 하나 사러 시내에 간다고 해보자. 그러면 매장에 가는 동안은 줄곧 모자를 쓴 사람들만 눈에 들어올 것이다. 이것이 뇌의 선택적 기억인데, 뇌가 최고의 효율을 추구하는 방식이다. 모자를 쓴 사람들은 원래 평소에도 존재했지만 그동안은 관심이 없었기 때문에 눈에 띄지 않았을 뿐이다. 바꿔 말하면 자신이 무엇인가에 관심을 두거나 생각에 골몰하게 되면 그것을 중심으로 세상이 재편된다는 것이다. 평소에 보이지 않았던, 생각지 못했던 것들이 비로소 보이게 된다.

마찬가지다. 인생의 2막이란 것도 어떤 마음을 먹고 어떤 생각을 하느냐에 따라 얼마든지 그 내용을 다르게 채울 수 있다. 당신의 생각에 따라 배우가 달라지고 스토리가 달라지며 효과음도 달라질 수 있다. 2막의 연출자가 바로 당신이기 때문이다. 그 2막을 다른 사람에게 통째로 내맡기지 말라. 이제까지 1막을 그렇게 살아왔더라도 2막만큼은 직접 연출해야 한다.

2막의 디렉터는 다른 사람이 아닌 바로 당신이어야 한다. 당신에겐 그럴 자격이 충분히 있고 그럴 능력도 갖춰져 있다. 나이의 많고 적고는 끼어들 틈이 없다.

자신의 의지와는 상관없이 불쑥 자신감이 떨어질 때가 있을 것이다. 직장에서 명예퇴직을 권고받을 때, 전철 안에서 젊은 사람이 자신에게 자리를 양보해줄 때, 젊은 사람 이상의 열정과 도전으로 똘똘 뭉쳐 있지만 정작 받아줄 사람은 김칫국도 마시지 않고 있을 때…….

그럴 때 드는 생각 하나.

내 나이가 어때서?

그렇다. 내 나이가 어때서 다들 그렇게 색안경을 끼고 보는 걸까? 그들이 그렇게 바라본다고 해서 나 자신까지 그들의 믿음과 시선을 따라가면 그들의 의식처럼 '나'라는 사람은 보호를 받아야 되는 힘없는 약자가 돼 버린다.

그 의식을 떨쳐야 한다.

'내 나이가 어때서!'라고 하면서 가슴에 불을 댕겨보자. 그런 마음을 먹으면 정말 그렇게 된다. 반대로 '내 나이로는 이제 안 돼' 하면 진짜 안 된다. 된다고 생각해도 잘 안 되는 경우가 많은 게 현실인데, 처음부터 나이 때문에 자신 없어 하면 더 안 된다.

그럴 땐 '내 나이가 어때서' 노래 한 곡 반주에 맞춰 신나게 뽑아보라. 없던 기운도 절로 날 것이다. 인생은 어차피 한 번뿐인데, 새롭게 펼칠 나의 인생 2막만큼은 이제까지 살아온 인생 1막과는 달라야 하지 않을까?

Epilogue

나비의 꿈

가까스로 새와 천적을 따돌리고 번데기가 된 애벌레는 이제 그 안에서 서서히 변태를 준비한다. 혼신의 힘을 다해 번데기까지 되었다면 그동안의 노력이 물거품이 되지 않도록 천적의 눈에 띄지 않게 조용히 숨죽이며 때를 기다려야 한다.

농부가 힘들여 지은 쌀을 수확할 때까지 태풍과 폭우가 쏟아지지 않아야 하듯이, 번데기도 나비가 되려면 자연의 조화로움과 함께 운도 따라야 한다. 그 운이라는 것도 가만히 생각만 하고 있는 사람에게 주어지는 것이 아니라 실행력이라는 발뒤꿈치가 있어야 비롯된다.

그렇게 날개를 단 나비는 그동안 꿈꿔왔던 새로운 세상을 마음껏 날아다니며 꽃과 꿀을 향유할 수 있게 된다. 번데기는 나비가 되는 꿈을 이루고, 나비는 또 다른 꿈을 꾸며 살아간다. 그 꿈은 생명을 번식시키는 것이다. 자신처럼 자유롭게 양 날개를 펄렁거리며 향기로운 꽃의 꿀을 후대에게도 맛볼 수 있도록 전하는 것이다.

우리도 애벌레에서 번데기로, 번데기에서 나비를 꿈꾸는 삶을 살아간다.

어떤 이는 일찍부터 나비가 되어 살아가고, 어떤 이는 뒤늦게 나비가 되기도 한다. 어떤 이는 아직 애벌레 상태에 머물러 있고, 이제 막 번데기에서 깨어 날개를 펴려고 하는 이들도 있다.

애벌레는 원래 나비가 될 운명을 가지고 태어난다.

우리도 마찬가지이다. 누구나 나비가 될 운명을 가지고 태어난다. 다만, 나비가 되는 시기가 개인마다 조금씩 차이가 날 뿐. 나비가 빨리 되는 것은 그다지 중요하지 않다. 하늘을 날면서 내려다보는 구름도 좋지만, 땅에서 올려다보는 파란 하늘의 흰 구름도 결코 나쁘지 않다.

나이가 들수록 젊음의 기운을 더욱 간직해야 한다. 그러기 위해서 필요한 것 중 하나가 웃음이다. 젊은 시절, 울기도 많이 울고 참기도 많이 참았다면 이제는 웃을 차례다. 그것이 나이 먹은 사람의 여유이고 품격이다. 나이가 들었음에도 여전히 얼굴에 심술과 욕심이 가득한 사람처럼 비루해 보이는 것은 없다.

지금까지 나이 때문에 해보고 싶은 일을 망설여왔다면 이제부터는 그 지나온 삶이 미래의 삶에까지 계속 영향을 미치도록 그냥 놔두지 말라.

사람이 죽음에 임박해서 가장 후회하는 것이 해보지 못한 것들이 남았을 때라고 한다. 현재의 일을 즐기는 사람은 단지 돈을 위해 일하는 사람보다 길게 봤을 때 더 크게 성공할 가능성이 크다.

동물학자들에 따르면 동물 중에서 사람의 눈을 가장 많이 닮은 짐승이 사자라고 한다. 그 이유는 사냥을 위해서 멀리 내다보는 습성 때문이다. 반면 초식동물은 멀리 보지 못하고 눈앞의 풀들을 주로 보느라 맹수들의 먹잇감이 된다. 해오라기는 벌레를 잡아 흐르는 강물에 떨어뜨린다. 그리고 그 벌레를 먹으러 모여드는 물고기를 잡아먹는다. 길고 멀게 보면 보다 나은 지혜로운 삶이 이처럼 펼쳐진다.

지금까지의 삶에 선을 긋고, 새로운 삶을 시작해보라. 내게 없는 것을 생각지 말고 있는 것을 생각하라. 『노인과 바다』의 주인공 산티아고 할아버지가 바다에서 상어와 목숨을 걸고 싸우다가 무뎌진 칼날을 갈 숫돌을 가져오지 않은 것을 후회하면서 정신을 가다듬고 했던 말이 "지금 가지고 있지 않은 걸 아쉬워할 때가 아니다. 있는 걸 가지고 할 수 있는 일을 생각하자"였다.

당신에겐 '지금'이라는 세상에서 가장 값진 시간이 있다. 우리는 언젠가는 모두 나비가 되어 비상(飛上)할 것이다. 나비가 되는 것은 우리의 운명이다. 그 운명은 자신의 내면 깊숙이 자리하고 있는 진심을 끄집어내어 누구보다도 자기 자신을 믿으며, 한 걸음 한 걸음 걸어가는 사람에게 밝은 모습으로 다가올 것이다.

그리고 그 빛을 다시 후대에게 되돌려주는 나눔의 실천으로 남은 생을 아름답게 살아갈 것이다.

비상(飛上)

오정욱

가벼워야만
하늘을 날 수 있는 것은 아니다.
가벼워야만
물 위에 뜰 수 있는 것도 아니다.

수천 톤의 배는 무거워도
물 위에 뜰 수 있고,
수만 톤의 비행기는 무거워도
하늘 위에 뜰 수 있다.
물에 뜨고
하늘을 날기 위해서는
무게가
가벼워야 하는 것이 아니라

자신의 무게를
이기는 힘이 필요하다.